岩 波 文 庫

32-205-7

リ チ ャ ー ド 三 世

シェイクスピア作
木 下 順 二 訳

岩 波 書 店

Shakespeare

RICHARD III

1592-93

目　次

第一幕……………………………………二
第二幕……………………………………六五
第三幕……………………………………八七
第四幕……………………………………一三三
第五幕……………………………………一七九
解　説……………………………………二〇七

リチャード三世

登場人物

エドワード四世
皇太子エドワード　プリンス・オヴ・ウェイルズ、
　後にエドワード五世
ヨーク公リチャード
　｝四世王の子息
クラレンス公ジョージ
グロスタ公リチャード　後にリチャード三世
　｝四世王の弟
クラレンス公の幼い息子（ウォリック伯エドワード）
リッチモンド伯ヘンリ　後にヘンリ七世
枢機卿バウチャー　キャンタベリの大司教
トマス・ロザラム　ヨークの大司教
ジョン・モートン　イーリーの司教
バッキンガム公
ノーフォーク公

サリー伯　ノーフォーク公の子息
リヴァーズ伯　エドワード四世の妃エリザベスの弟
ドーセット侯
グレイ卿　｝エリザベスと先夫グレイ卿の子息
オクスフォード伯
ヘイスティングズ卿
スタンリー卿　ダービー伯とも呼ばれる
ラヴェル卿
サー・トマス・ヴォーン
サー・リチャード・ラトクリフ
サー・ウィリアム・ケイツビー
サー・ジェイムズ・ティレル
サー・ジェイムズ・ブラント
サー・ウォルター・ハーバート
サー・ロバート・ブラッケンベリ　ロンドン塔の代官
サー・ウィリアム・ブランドン

クリストファー・アーズウィック　神父
ロンドン市長
ウィルトシアの州長官
ヘイスティングズ　紋章院属官
トレッセル
バークリー　アン夫人に付き添う紳士

エリザベス　エドワード四世の妃
マーガレット　故ヘンリ六世の未亡人
ヨーク公夫人　エドワード四世、クラレンス及びグロスタ（リチャード三世）の母
アン夫人　ヘンリ六世の子息エドワード（プリンス・オヴ・ウェイルズ）の未亡人、後にグロスタ公（リチャード三世）と結婚
マーガレット・プランタジネット　クラレンス公の幼い娘、後にソールズベリ伯夫人
リチャード三世に殺された人々の亡霊

貴族たち、紳士及び従者たち、僧侶、代書人、小姓、司教たち、市の職員たち、市民たち、兵士たち、使者たち、殺し屋たち、看守

場面　イングランド

（訳文中、〔　〕の中は原文のもの、（　）の中は訳注である。）

第一幕

第一場　ロンドン　街上

グロスタ公リチャード登場。

グロスタ　今やわれらが不満の冬は去り、ヨーク家の太陽、わが兄エドワード王の輝く夏、か。わが一族に垂れこめていた暗雲も、すべて大海《おおうみ》の底深く葬られた。われらの頭《こうべ》には勝利の花冠《はなかんむり》、傷んだ武器も今は戦いの思い出に過ぎん。突撃の雄叫《おたけ》びは華やかなさんざめきに、怒濤の進軍は楽しげな舞踏に変った。いかめしい軍神《いくさがみ》も厳《きび》しい眉根を開き、きのうまで馬鎧《うまよろい》着せた軍馬にうち跨り群がる強敵をわななかせておったのが、今や淑女の部屋でみだらな甘いリュートの音《ね》に軽やかに跳びはねている。

だが――おれは、色恋のほうには向いておらんし、鏡を見てうっとりというわけにも行かん。――おれは――出来そこないだ、なよなよした美人の前を気取って押し歩く柄でもない。――おれは――兄貴と違っていんちきな造物主からこんな不様なからだに生みつけられて、いびつ、未完成、半出来のまま、早々《はやばや》とこの人間世界にひり出されてしまった。なにしろ片脚が短くて不恰好だから、よたよた歩いていると犬も吠えかかる。
――
とすると、だ、のどかな笛の音《ね》のようなこの太平の御時世に、時をつぶす何の楽しみがある？　太陽が映しだす自分の影を横眼に見ながらわが醜さを戯《ざ》れ唄にでもしてみるほかには。

とすれば、だ、この巧言令色の御時世を泳いで回る好き者にはおれはなれんのだからして、おれは決めた。悪党になる。当世風の下らん快楽を憎んでやる。

筋書きはできている。

悪巧みの幕《まく》開《あ》きはというと、らちもない予言、中傷、夢占《ゆめうら》を使って、二人の兄貴、クラレンス公ジョージとエドワード王とをお互いにとことん憎みあわせることだ。もしエドワード王がおれの奸智奸才、裏切り好きに見合うほど真っ正直だったら、きょうにもクラレンスの兄貴は牢にぶちこまれるな。――Gが頭文字の男がエドワード王の跡継ぎを殺すというでたらめな予言でな。

引っこんでいろわが企《たくら》みよ、胸の底に。当のクラレンス兄貴がやって来たじゃないか。

クラレンス公ジョージ、護衛され、ロンドン塔の代官ブラッケンベリと登場。

やあ兄上、どうなされました、ものものしい警護をお伴に？

クラレンス　王がおれの身を御心配あって、ロンドン塔の牢獄まで、かくは護衛をつけて下さったというわけだ。

グロスタ　何の罪で？

クラレンス　おれの名がGで始まるジョージだからさ。

グロスタ　ええ？　そんなことはあなたの罪ではないでしょう？　ならばあなたの名付け親を投獄すべきだ。いや、王はロンドン塔の中であなたに改名させるお積りかな。それにしてもどういうことです、クラレンス？　言って下さい。

クラレンス　いやリチャード、それが分ればな。はっきり言っておれには分らんのだ。ただ王は予言や夢占《ゆめうら》に御熱中の末、アルファベットの中からGの字を拾い出して、自分の跡継ぎは名前がGで始まる者に奪われると予言者も告げたといわれるのだ。とすると、おれの名のジョージがGで始まるから、兄上のお考えではおれがそれだということになる。おれに分るのはそれだけだ。そういうたわごとが王を動かして今度の投獄さ。

グロスタ　ふん、こうなるのだな、男が女のいいなりになると。王ではないですよ、クラレンス、兄上を塔にぶちこもうというのは。グレイ卿の未亡人、現在はまあ王の后《きさき》というわけだが、あの女ですよ、こんなひどいことを王にさせるのは。あの女とその弟の伯爵のリヴァーズ旦那だったじゃないですか、王をそそのかしてヘイスティングズ卿をロンドン塔に放《ほ》り込ませたのも。あの人やっと本日釈放だそうですがね。安全ではないな、兄上、お互い安全とはいえませんな。

クラレンス　まったく、安心できる者は一人もおらん。王妃の一族と、王とショア夫人の間で夜中にこそこそお使い役をつとめる男どものほかにはな。ヘイスティングズ卿、今度の釈放のためあの夫人にいかに卑屈に頼みこんだか聞いただろう?

グロスタ　ヘイスティングズ侍従長も、あの女に泣きついてやっと出獄か。つまりですな――われわれといえども王の御機嫌を損じないためには、あの女の下僕となってお仕着せを頂くよりないわけだ。妬《ねた》みぶかいひからび切った未亡人とあの女の二人は、われらの兄貴の王のお蔭で貴夫人に成り上がって以来、わが王国を口先で操る黒幕ですからな。

ブラッケンベリ　お二方とも、失礼はお許し下さい。エドワード王の御厳命で、いかなる方もお兄上とことばを交わされることはならぬとされております。

グロスタ　なるほど、よろしかったらお代官、あなたもわれわれの話に加わって頂きたいですな。謀反の相談をしているのではないのだぞ。言っているのは、王が聡明で徳高く、高貴なる王妃はお年こそ召したが美しくて焼餅も焼かれず、ショア夫人は脚もきれいで唇はさくらんぼ、瞳はつぶらにお口は滑らか、しかもその上王妃の御親族はみな上等の御身分ということだ。どうだ？　違っているかな？

ブラッケンベリ　その点は閣下、わたくしと無関係であります。

グロスタ　無関係？　ショア夫人と？　そりゃそうだろう。あの女と関係するにはこっそりやるしかないからな。但し一人だけは別だ。

ブラッケンベリ　一人とおっしゃいますと？

グロスタ　あの女の亭主だよ！　誰だと言わせたいのだ？

ブラッケンベリ　どうかお許し下さい。ただ公爵さまとのお話はどうかそこまでに。

クラレンス　お前の役目は分っている、ブラッケンベリ。従うことにしよう。

グロスタ　われらは王妃の賤しきしもべ、従うほかないわ。

では兄上。わたしは王の所へ行きます。何なりとわたしを必要とされることがあったら——王とくっついてるあの未亡人を姉上と呼ばねばならんことがあっても——働いてお救いします。それにしても王とは兄弟同士だのにこのひどい仕打ち、お察し以上に腹が立つ。
クラレンス お互い気持のいい話ではないな。
グロスタ いや、入獄を永びかせるようなことはしません。救い出すか、でなければ一工夫するか、まあ当面は御辛抱なさって下さい。
クラレンス 無理にもな。では。 〔クラレンス、ブラッケンベリとその配下退場
グロスタ 二度と戻らん道を歩いて行くがいい、ばか正直なクラレンス兄貴。おれはあんたを深く愛している。だからあんたの魂をじきに天国へ送ってやるよ、天国がその贈り物を受け取ってくれるならな。
誰だあれは？ 釈放されたばかりのヘイスティングズだな。

ヘイスティングズ卿登場。

ヘイスティングズ これはこれは、グロスタ公リチャード！
グロスタ これはこれは侍従長閣下！ 外の空気はいかがです？ 中ではさぞお辛《つら》かったでしょう？
ヘイスティングズ 耐えるだけですな、公爵、囚人となればみな同じだ。だがこれからは長

生きして、入獄させて下さった方々にお礼を申すつもりです。

グロスタ　そうですそうです。兄貴のクラレンスもそう行かねば。あなたの敵だった連中は兄にも敵、あなた同様彼にものしかかって来ているのだから。

ヘイスティングズ　なにしろ鷲が鳥籠に閉じこめられて、とんびや禿鷹が自由に餌をあさるのですから。

グロスタ　何か新しい話は？

ヘイスティングズ　新しいも何も、困ったのは王の御病気、弱りはてて気がふさがれて、侍医たちもひどく心配しています。

グロスタ　畜生、困った話だ。まあ永いことふしだらな生活ですっかりからだをこわされた。考えるだにおいたわしい。それで、床につかれて？

ヘイスティングズ　さよう。

グロスタ　どうぞお先に、すぐ行きます。［ヘイスティングズ卿退場

どうせ王は死ぬさ、だがまだ死んでは困る、兄貴のクラレンスを早馬で天国へ送り届ける前に死なれては。

王宮へ行こう。クラレンスへの王の憎しみを、強力な理屈で研ぎすました嘘でもっと掻き立ててやる。この遠謀深慮がうまく行けば、クラレンスは明日にもこの世にいなく

なる。その始末がついた上で、神よ、兄貴エドワード王を天国に召し給うて、我をしてこの世に存分にはびこらしめ給え。

それにはウォリックの末娘アンと結婚することだ。アンの亭主とその父親のヘンリ六世は確かにおれが殺した。がそれが何だ？　あの女を慰めてやる一番の早道は、おれがあの女の亭主に、そして父親代りになってやることだ。

そうなってやろう。愛するからではない、あれと結婚することで、ぜひとも手に入れたい別の秘かな企みがある。

いや、これはとんだ皮算用だ。兄貴のクラレンスはまだ息をしているし、兄貴のエドワードも生きて王位にある。お二人が遠くへ行かれたら、そこで初めて帳尻が合うことになるのだ。

［退　場

第二場　ロンドン　他の街上

ヘンリ六世王の遺骸が衛兵に護られ、喪主アン夫人がトレッセルとバークリーを従えて登場。

アン　そこへ、お下ろしして、尊い柩を。——尊さは柩の中に眠っていらしても変りないはず。徳高かったランカスタ家の時ならぬ没落に、暫《しばら》く心からの悲しみを捧げたいのです。

聖なるヘンリ王の冷たい冷たいお姿!

ランカスタ家の蒼ざめた亡骸《なきがら》!

王家の血筋の血も失せたおからだ!

お許し下さい、魂を呼び戻して哀れなアンの悲しみの言葉をお聞かせするのを。おからだに傷を負わせたその同じ手で殺された御子息エドワードの妻であるこのアンの。

ああ、お命を送り出したこの窓口に、こうしてなすすべもない涙の香油を注ぐほかないのです。

呪われてあれ、この傷口を抉《えぐ》った手よ!

呪われてあれ、心ない残虐な心よ!

呪われてあれ、この血を流した者の血よ!

大災厄よ降りかかれ、お命を奪ってこの無残な目に遭わせた無残きわまる悪党には。

蝮《まむし》、蜘蛛、蟾蜍《ひきがえる》、地を這《は》い回るどんな毒虫よりみじめになれ!

あの男、子を持つならそれは化物、かじかんで不吉で、醜くゆがんだその顔をいきなりこの世に突き出すと、待ちかねていた母親も一目見てふるえ上がる。そして自分は父親のねじけた根性をそのまま！
妻を持ったらその妻は男に死なれてみじめになれ、若い夫を殺され父上を殺されたわたしよりもっとみじめに！
さあ、セント・ポールからお移ししたこの聖なる柩、チャートシーに埋葬するために出かけましょう。
でも重くて疲れたらいつでも休んで下さい。そのあいだわたしはヘンリ王の亡骸をお悼みしています。

［担い手たち、柩を担ぎ上げる

グロスタ登場。

グロスタ　待て貴様ら、担いでいる死体を下ろせ。

アン　この悪魔、どこの魔法使いに呼び出されて来たの、神聖な行列を邪魔するなんて。

グロスタ　貴様ら、死体を下ろせ。畜生、従わん奴はすぐ死体にしてくれるぞ。

担い手1　どうかお控えを。お柩を通させて下さい。

グロスタ　野良犬め！　貴様こそ控えろ、おれの命令だ。その矛を立てろ、胸に突きつけたりしよって。さもなくば貴様、生意気いうと踏みにじってくれるぞ。

［担い手たち、柩を下ろす
アン　まあ、震えているのね？　みんなは怖いの？
ああ、でも責めはしません。みんなは人間だし、人間は悪魔を正視できない。
消えておしまい、恐ろしい地獄の手先め！　この方のおからだには手をかけたろうが、
魂はどうにもならない。だからお行き。

グロスタ　美しい聖女、お願いだ、そう意地悪にならないで。

アン　醜い悪魔、お断りよ、お行き、邪魔しないで。お前はこの幸福な大地を地獄に変えてしまった。呪わしい呻きと傷ましい叫びで満たしてしまった。

忌まわしいやり口の跡を眺めて楽しみたいなら、眼をこらすがいい、これこそお前の残虐の見本。

ああみんな、見て見て！　ヘンリ王の血のこびりついた傷が口をあいて鮮血が迸《ほとばし》る。

恥じるがいい、邪悪な醜い肉のかたまり、お前が現れてからだ、一滴の血も残っていない冷たい空《から》の血管からこの血が吹き出して来たのは。

無理無残なお前の仕打ちがこの無残な血の洪水を呼んだのだわ。

ああこの血を作り給うた神よ、この男に死の一撃を！

ああこの血を飲み干す大地よ、この男に死の一撃を！

天よ、電光の一閃もてこの殺人者を撃ち給え。大地よ、かっと口を開いて彼を生きながら呑み込め、この男の地獄の魔手が惨殺した尊い王の血をいま飲み尽しているように。

グロスタ　奥さん、あなたは愛の法則を御存じないのかな？「汝らの仇《かたき》を愛し、汝らを憎む者には祝福を」と聖書にもある。

アン　悪党、お前こそ神の掟も人の道も知らないで。どんな残酷な野獣だって少しは情けを知っている。

グロスタ　だがそれをわたしは知らん、だから野獣ではないわけだ。

アン　それを知らない？　まあ不思議、悪魔が真実を語ってる！

グロスタ　もっと不思議なことには、天使が腹を立てている。

お願いだ、神のごとき女よ、どうかその罪なるものを細かく論証して、この身から清めて頂きたい。

アン　お願いよ、疫病神《やくびょうがみ》みたいな男、どうかその悪業《あくごう》を細かく論証して、その汚《けが》れた身にかぶっておくれ。

グロスタ　言葉では言い尽せぬ美しいお人よ、暫く我慢して弁解にお耳を貸されたい。

アン　心に描くこともできぬほど汚らわしい男、まともに申し開きがしたいならどうか首をおくくり。

グロスタ　そんなやけっぱちは自分の罪を認めることだ。
アン　そこまでやけを起したら救われるかも。人を不当に殺した自分の身に正当な仕返しをするのだからね。
グロスタ　わたしが殺していないとすれば?
アン　誰も死んでいないはず。けれど死んでいる、それも、この悪魔、お前の手で。
グロスタ　あなたの御主人を殺してはいないよ。
アン　じゃ、生きてるはずね?
グロスタ　いや、死んでいる。現在のエドワード王の手でやられたんだ。
アン　汚らわしい喉でまた嘘をつく。
ヘンリ王のマーガレット王妃が、あの人の血に煙るお前の剣を見ておいでだ。しかもその剣を王妃の胸にまで突きつけたのを、お前の兄弟が払いのけた。
グロスタ　わたしをそそのかしたのはあの女性の毒舌さ、彼らの罪をこの罪のない肩に負わせようとしたのだ。
アン　お前をそそのかしたのは自分の残忍な心、虐殺のほかは思い浮べもしないのだから。この王様を殺したのはお前ではなかったの?
グロスタ　それは認めるね。

アン　認めるのね、この針鼠。では神もお認め下さい、この男があの汚い行為ゆえ地獄に堕ちるのを！　ああ、やさしく穏やかで徳高い王だった！

グロスタ　やはり天国の王になられるのがふさわしかったわけだ。

アン　そう、天国よ、お前なぞ決して行けっこない。

グロスタ　あそこへ送ってあげたことを感謝して貰いたいな。地上よりあそこがふさわしいかただったのだ。

アン　お前にはふさわしい場所なんて、地獄のほかにありはしない。

グロスタ　さよう、もう一カ所だけある。教えてあげようか。

アン　どうせ地下牢さ。

グロスタ　あなたの寝室だよ。

アン　お前の寝る部屋は不安で一杯になりますように。

グロスタ　そうでしょうな、あなたと寝るまではな。

アン　そうでしょうよ。

グロスタ　そうなんですよ。

だがやさしいアン夫人、気の利いた言葉のぶつけあいはもうやめにして、もっと穏やかに話しあおうや。

プランタジネット家のこのヘンリ六世と王子エドワード、つまりあなたの夫の不慮の死の遠因のほうも、下手人と同じに責められていいんじゃないのかな？
アン　お前こそがその遠因でしかも呪わしい実行者じゃないの。
グロスタ　あなたの美しさが実行の遠因だったんだよ。その美しさは寝てる間《ま》もわたしにつきまとって、その甘い胸に一時《いっとき》でも抱かれるためなら世界中の男を殺してもと思わせた。
アン　そうと知ったら、人殺し、この頬からこの爪でその美しさを引っ剝ぐのだった。
グロスタ　この両の眼《まなこ》がその美しさの壊されるのを見ていられるものか。おれが横にいて汚させるものか。この世界は太陽のお蔭で輝いてる。わたしはあなたによってだ。わたしの光よ、生命よ。
アン　そんな光は夜の闇が、生命は死が覆うがいい！
グロスタ　自分を呪うんじゃない。あんた自身が光なんだ、生命なんだよ。
アン　そうだったらあなたに復讐できたのにね。
グロスタ　そんな言い分は、あんたのいった無理無残だよ、愛してくれる男に復讐しようなんて。
アン　この言い分ほど正義正論はない。わたしの夫を殺した男に復讐しようというのだもの。

グロスタ　夫を奪った男というのはね、奥さん、もっといい夫に会えるようにそうしたんだよ。

アン　もっといい夫がこの世にいるはずなんてない。

グロスタ　ところがいるんだよ。あの人よりもっとあんたを愛せる男が。

アン　誰よ、それ。

グロスタ　プランタジネット。

アン　だったら、あの人のこと。

グロスタ　名前は同じさ、けれど中身はもっと上。

アン　そんな人がどこにいる？

グロスタ　ここに。〔アンは唾を吐きかける〕何で唾を吐きかける？

アン　これがお前を殺せる毒だったらね！

グロスタ　毒など出るものか、そんなかわいい唇から。

アン　この上なしに醜い蟾蜍《ひきがえる》の頬を毒がだらだら流れてる（彼女が吐きかけた唾のこと）。消えておしまい！　眼の毒になる。

グロスタ　その眼が、かわいい奥さん、わたしの眼の毒なんだよ。

アン　この眼でお前を射殺《いころ》せたら!

グロスタ　そうだったらいいね、ひと息で死ねたら。今だってその眼のお蔭で、こっちは生きながらの死だ。

お前さんの両の眼がわたしの眼から涙を誘い出すので、子供みたいに雫《しずく》がだらしなく溢れ返る。——この二つの眼は哀れみの涙を流したことなど一度もないのだよ。

泣かなかったわたしは、黒面のクリフォードが振るう剣に倒れたわが弟ラトランドのあげる哀れな呻きに父のヨークと兄エドワードが涙した時にも。武勇名高いあなたの父親ウォリック伯が、子供のようにすすり泣いてわたしの父の悲痛な最期を語られた時、何度も言葉が途切れて、居あわせた者どもも雨に打たれた木立のように涙で頬を濡らしたが——その悲嘆の最中にも男としてのこの両の眼は女々しい涙を退けたのだ。

だがあの悲嘆すら引き出せなかったものを、あなたの美しさは呼び出してこの眼を曇らせる。わたしは味方にも敵にも嘆願などしたことのない男だ。この舌は甘いへつらいの言葉を吐くことなど知らない。しかし今、あなたの美しさを与えて貰うべくこの誇り高い心は嘆願し、わが舌に語らせようとするのだ。　［彼女はさげすむように彼を見る

唇にそんなさげすみなど教えるんじゃない。それは口づけのためのもの。そんな軽蔑のためのものじゃない。

だが、復讐に溢れる胸が抑えられぬというなら、さあここに、この研ぎすまされた剣をお貸ししよう。これを真心籠るこの胸深く刺し通して、あなたを慕うわが魂を迷い出させたいのなら、この胸をひろげて死の一刺しを受けよう。ひざまずいてうやうやしく死を願おう。　［胸をはだけ短剣を差し出す

さあ、ためらうな。ヘンリ六世王を殺したのはまさにこのわたしだ――だがそれはあなたの美しさにうたれたからだ。さあ、突け。王子エドワードを刺したのもまさにわたしだ――だがそれはあなたの天使の面ざしに惹かれたからだ。　［アン、剣を落す

その剣を取るか、でなければわたしを取るか。

アン　お立ち！　偽善者。死ぬがいい、でもこの手で殺したくはない。

グロスタ　では自分で殺せといって下さい。やってみせる。

アン　もういったでしょう？

グロスタ　それは怒りにまかせてのことだ。もう一度いってごらん、その言葉と一所にこの手が――お前への愛ゆえにお前の愛する人を殺したこの手が、お前への愛ゆえに彼などよりずっとお前を愛しているこの男を殺す。どちらが死んでもお前ゆえだ。

アン　本心は何なの。

グロスタ　ちゃんと言葉でいったはずだ。

アン　二つとも嘘でしょう?

グロスタ　とすれば、男は皆嘘つきということになる。

アン　そんな、さあ、剣をお収めになって。

グロスタ　ならばいってくれ、心が解けたと。

アン　まだ分らない、それは。

グロスタ　希望は持っていいのだな?

アン　誰だって希望は持ちたいでしょう。

グロスタ　どうかこの指輪をはめて。

アン　貰ってもあげるものはないけれど。　［アン、指輪をはめる

グロスタ　ああ、わたしの指輪がお前の指を抱きしめている。まさにそのようにお前の胸がこの淋しい心を包んでくれる。指輪も心もそのままに、二つともお前のものだ。そして思いつめた哀れな男の願いを一つだけやさしく受けてくれれば、その男は永久に倖せにしてもらえる。

アン　それはなに?

グロスタ　よかったらこの葬列は、真っ先に参会者となるべきだったわたしに任せてくれないかな?　あなたはすぐわたしのクロズビーの屋敷へ。この尊い御遺体をチャートシ

ーの修道院にお納めしてお墓にわが後悔の涙を注いだら、わたしはすぐにあなたの所へ取って返す。いろいろこみ入った事情もあるし、どうかそうさせて下さい。

アン そうしましょう。あなたがそんなに悼んで下さるのを大変嬉しく思います。トレッセルとバークリーはわたしと一所においで。

グロスタ 御機嫌ようは?

アン そんなことはまだまだ。でもお世辞の言い方は十分教えて頂いたから、もうそう言ったのだとお思いになって。

［アン夫人と二人の男退場

グロスタ さあ、御遺体を担げ。

僧侶 チャートシーへでございますな?

グロスタ いや、ホワイト・フライアズだ。あそこで待っていろ。

［グロスタ以外、みな退場

こんな調子で言い寄られた女が一体いたか?
こんな調子で言いなりになった女が一体いたか?
ものにしてやる。だがあの女、長く放ってはおかんぞ。
あっは! 亭主とその父親を殺したこのおれが――手に入れた、憎悪の極にあるはずの女心を。しかも口には呪いを、眼には涙を、それも憎しみの血を吹いている死体がそこにあってだ。向うにあるのは神だ、良心だ、おれへの恨みだ。ところがこっちの願いの後押しをする味方は更になし、あるのは悪魔の心と偽りの顔つき、それがものにした、何一つ勝ち目はないのに！

あっはは！

あの女、もう忘れたな、自分の夫エドワード、ほんの三カ月前テュークスベリで怒り狂ったおれに刺し殺されたあの勇敢な王子のことを。眉目秀麗――若くて勇敢で賢くて、しかも紛うかたなく王室の血をうけて、あれは自然の無駄遣いと言ってもいい――広い世界に二度と出てこない男だったが、だのにあの女、おれに色眼を送った。あの馨《かぐわ》しい王子を花の盛りに摘み取ってあの女を独り寝のベッドに追いやったこのおれに。いくら背伸びしたってエドワードの半分にも足りないこのおれに。びっこの上に出来そこないのこのおれにだ。

間違いなしだ。おれはずっと自分を見そこなっていたな。確かにあの女、おれには分らんが、おれをすごい二枚目だと見ている。ひとつ鏡をおごってみるか。仕立屋を二、三十人傭って、このからだを飾り立てる着付を工夫するか。自分の姿が気に入って来たとすれば、身だしなみにも少しは金をかけねばな。

だがまずはあの死体を墓に放りこむことだ。それから涙をたたえていとしい女の所へ行く。

輝きたまえ、太陽よ、鏡を買いこむまでは。お歩きになってるおれの影法師が拝めるようにな。　〔退場

第三場　ロンドン　王宮

エドワード四世の王妃エリザベス、その弟リヴァーズ伯、王妃の連れ子グレイ卿登場。

リヴァーズ　落ち着いて下さい、姉上。王はすぐにもとの健康を取り戻されるにきまっています。

グレイ　あなたが沈んでいられると母上、一層悪くなられる。ですからどうかお気を楽に。元気な明るいお顔つきで王をお慰めして下さい。

王妃エリザベス　お亡くなりになったとしたらわたしはどうなるの？

グレイ　立派な御主人がいなくなられる、災いはそれだけです。

王妃エリザベス　立派な御主人がいなくなられる、それが災いの総てでしょう。

グレイ　天はあなたに立派な御子息を授けて下さった、王が亡くなられたとしてもよい慰めになるように。
王妃エリザベス　ああ、あの子はまだ幼い。成年まではリチャード・グロスタの後見にゆだねられる。わたしを、そして弟のあなた達をも嫌っているあの男にね。
リヴァーズ　公示はあったのですか、あの男が摂政になるという？
王妃エリザベス　決まったのです、公示はまだだけれど。でもそうなる、もし王がおかくれになったら。

バッキンガム公とダービー伯登場。

グレイ　バッキンガム公とダービー卿です。
バッキンガム　王妃様、御機嫌よう！
ダービー　いつもの明るさを神がいつまでもお恵み下さいますよう！
王妃エリザベス　リッチモンド伯の未亡人はね、ダービー卿、ダービー卿、あなたのその祈りに合わせてアーメンは言わないでしょうよ。でもダービー卿、あの人が今はあなたの奥方でわたしを嫌っておいでても大丈夫よ、あの人の気位が高くても、わたしはあなたまで憎みはしないから。

ダービー　お願いです、不正なやからのあれに対する悪意ある中傷をお信じ下さいませんよう。またあれへの非難に何らかの根拠ありとしても、それはあれの気まぐれから出たもので別に悪意に根ざしたものではありません。
王妃エリザベス　きょう王様にお会いになった？　ダービー卿。
ダービー　いまバッキンガム公と一所にお目通りして来たばかりです。
王妃エリザベス　御回復の見込はどうでしょう？
バッキンガム　十分に。快活なお話しぶりでした。
王妃エリザベス　それはよかった！　お話しあいをなさったのね？
バッキンガム　はい、そうです。王はこの弟御がたが、昔から不仲なグロスタ公リチャード、それからまたヘイスティングズ卿、釈放されたばかりの、あのお二人と和解されることをお望みです。和解させようと、御前へお召しになったそうで。
王妃エリザベス　うまく行けばいいけれど！　けれどだめでしょうね。わたし達の幸福も今が最高なのですよ。

グロスタ公リチャード（にとってエリザベス妃は兄嫁に当たる）とヘイスティングズ卿、王妃の連れ子ドーセット侯登場。

グロスタ　皆でおれを悪者にしている、もう我慢ならんぞ。誰が王に訴えたのだ、おれがまるで冷酷で彼らを嫌っているなどと。畜生、王を愛してなどいないのだ、こんな不穏な噂を王の耳に注ぎこむ手合は。おれは世辞も言えんし甘い顔もできん。人に言いよってうまくたらしこむことも、フランス流のきざな挨拶の猿真似もできん。だから腹黒いわるだと取られてしまう。平凡な男が何の悪意も持たずに生きているのに、その率直さが、こうやってなよなよとしたずる賢い奴らに罵られねばならんのか。

リヴァーズ　ここにいる誰へおっしゃっているのです、公爵？

グロスタ　あんたにだよ、誠意も礼儀も知らんあんたにだよ。いつおれがあんたを傷つけた？　悪さをした？　あんたをか？　でなければあんたを？　あんた達の誰をだ？　みんな疫病にでもとりつかれろ！　王は——あんた達の願い以上に生きられますよう！——王はあんた達の下らん告げ口に息もつけずにおられる。

王妃エリザベス　グロスタ公、それは誤解よ。王は御自身のお考えで、誰からそそのかされたのでもなく——わたしの身内や兄弟やわたし自身へのそぶりから自然にあなたの内心の憎しみをどうやらお察しになって——あなたの悪意の根拠を理解してそれを取り除きたいというのであなたへお使いをお出しになった。

グロスタ　どうだか知らんが、とにかく世の中はひどくなった。みそさざいどもが、鷲さえ止まろうとせぬ高みで餌を漁《あさ》っている。ちんぴらどもが上流に成り上がったお蔭で、上流が結構ちんぴらに成り下がらされている。

王妃エリザベス　ちょっとお待ち。いいたいことは分っている、グロスタ公。あなたはわたしや身内の栄達をねたんでいるのね。はっきりいうけれど、あなたのお助けはいりませんからね！

グロスタ　ところがだ、はっきりいうがお蔭でこちらはお助けがいるのだ。あんた達のせいで兄貴のクラレンスは入獄した。おれは恥をかかされ貴族たちは馬鹿にされている。一方で二、三日以前までキの字も知らなかった連中が毎日のように貴族にされている。

王妃エリザベス　あの充ち足りていた仕合せからこのわずらい多い高みへわたしを引き上げて下さった神に誓っていいます。王をそそのかしてクラレンス公を陥れたのは断じてわたしではない。それどころか、あの方のわたしは熱心な弁護者だった。ひどい侮辱です、そんな汚らわしい疑いをわたしにかけるなんて。

グロスタ　ヘイスティングズ卿の今度の投獄もあなたのせいじゃないと否定できるのですな。

リヴァーズ　できますとも姉上は、公爵、なぜなら――

グロスタ　できます?　リヴァーズ卿。そんなことは誰でも知っている。それを否定するどころか、あんた達を次々に栄達させておいて、そんなことに手を貸した覚えはないと否定しておいて、その栄達はあんた達の手柄だと言うこともおできになる。できないことがあるかね、このお人に。できる——うん、結構、できる——

リヴァーズ　何が結構できるのです?

グロスタ　何が結構できる?　結婚がさ、あの王との、あの独身だった美青年とのね。それにしても、あんたのお祖母《ばあ》さんの結婚はまずかったたな。

王妃エリザベス　グロスタ公、わたしは我慢し過ぎました。あなたの露骨な非難や激しい嘲笑をね。必ず王のお耳に入れます、わたしが何度も耐えて来た不当な侮辱を。百姓の下働きになったほうがまだましだ、えらい王妃の身分で——こうやっていじめられて罵られて馬鹿にされているのより。

故ヘンリ六世の王妃マーガレット、後方に登場。

イングランド王妃としての喜びなどないも同然よ。

王妃マーガレット　(傍白)ないよりもなくなってしまえば!　お前の栄誉も地位も王妃の座ももとはわたしのもの。

グロスタ なに？ 王に告げると言って脅される気か？ 告げるがいい、洗いざらい。よろしいか、さっき言ったことをおれは王の面前で明言してみせる。ロンドン塔にぶちこまれても構わん。今こそ言うべき時なのだ。――こちらの苦労はみんなお忘れでいらっしゃる。

王妃マーガレット （傍白）失せろ、悪魔！ みな覚えているとも、しっかりと。お前はわが夫ヘンリ六世をロンドン塔で殺した。そして息子エドワードを、哀れにもテュークスベリで。

グロスタ あんたが王妃になるまで、そう、あんたの旦那が王になるまでは、大仕事は駄馬同様にみなおれがしょいこんで、強大な敵は根こぎにして、彼の味方には気前よく賞をくれてやったもんだ。兄貴を王の血筋にしてやるために、こっちの血を流してやったんだよ。

王妃マーガレット （傍白）何だ、その兄やお前の血より尊い血まで流しておきながら。

グロスタ その間《あいだ》じゅう、あんたや前の旦那のグレイ卿はランカスタ家に加担していた。そしてリヴァーズ、あんたもだ。マーガレットの軍隊にいたあんたの旦那もセント・オールバンズで戦死だったたな？
お忘れなら思い出させてやろうか、昔のあんたがどうだったたか。そして今どうであるか。ついでに昔のおれがどうであって今どうであるかも。

王妃マーガレット　（傍白）お前は人殺しの悪党だった。そしてお前は今もそうだ。

グロスタ　哀れなのはおれの兄貴のクラレンスだ、舅《しゅうと》のウォリックを見捨てた、つまりみずからの誓いを破った。――神よ、赦《ゆる》したまえ！――

王妃マーガレット　（傍白）神よ、復讐を加えたまえ！

グロスタ　それもエドワードに王冠を得させるために戦ったのだ。そしてその報酬が、哀れなことだ、ロンドン塔送りよ。おれの心臓も、ああ、エドワードのように石であったら。でなければエドワードのそれがおれのように哀れみ深かったら。おれはこの世で生きて行くには愚かで子供っぽ過ぎるのだ。

王妃マーガレット　（傍白）ならば恥を知りこの世を捨てて地獄へ急げ、この悪魔、そここそがお前の王国。

リヴァーズ　グロスタ公、あの騒がしかった時代にわれらは敵だったと今いわれるが、あの時われらは主君に、正統の王ヘンリ六世に従っただけです。あなたが王だったらあなたについたでしょう。

グロスタ　王だったら？　荷物担ぎにでもなったほうがましだ。思いもよらん、そんなことなど！

王妃エリザベス　ほんの少しの喜びを、そう、お察しの通り、あなたは味わえるだけよ、この国の王になっても。ほんの少しの喜びを、お察しの通り、わたしが味わっているように、この国の女王になっても。

王妃マーガレット　（傍白）ほんの少しの喜びを、王妃になっても味わえるだけ？　わたしこそ王妃、であるのに喜びなど全くありはせぬ。もはや耐え切れぬ。［進み出る聞くがいい、騒がしい海賊ども、わたしから奪ったものの分け前を争っているが！この顔を震えずに眺められる者がおいでか？　王妃であるわたしに臣下としておじぎせぬまでも、退位させたわたしの出現に震えているのか？

ああ、心やさしい悪党め、逃げるでない！

グロスタ　皺《しわ》だらけの醜い魔女め、何しにここに現れた？

王妃マーガレット　お前の悪業《あくごう》を数えあげるためよ、終るまで逃しはせぬ。

グロスタ　追放の身だろう？　みつかれば死刑だぞ。

王妃マーガレット　その通り。だが追放の苦しみより、ここに留まって死ぬのがましだ。わたしには貸しがある。お前（グロスタ）にはわが夫ヘンリ六世と息子、お前（エリザベス）には王国、みんなには忠誠。わたしに巣食うこの悲しみはもとお前たちのもの、お前たちが横取りした楽しみは皆わたしのものの筈だ。

グロスタ　高貴なるわが父ヨーク公の呪いが降りかかっているのだ。父上の雄々しい額にお前は紙の王冠をかぶせた。嘲笑を浴びせ涙を滝のように流させて、それを拭えと、幼いラトランドの無垢の血にひたした布切れを突きつけた。――そのとき父上が胸の底から絞り出された呪いの総てが今お前の上に降りかかっているのだ。われらではなくて神が、お前の血に染《そ》んだ行為を罰し給うているのだ。

王妃エリザベス　神こそは正義。罪なき者の証《あか》しに立って下さる。

ヘイスティングズ　ああ、忌まわしいきわみの所業だ、あんな幼な子を殺すなど、聞いたこともない残虐さだ!

リヴァーズ　いかに無慈悲な者でもあれを伝え聞いて泣いた。

ドーセット　復讐を思わぬ者はなかったのだ。

バッキンガム　その場にいたノーサンバランド卿も、敵側だったのにあれを見て涙を流した。

王妃マーガレット　ほほう、わたしが現れるまではいがみ合って互いの喉に食らいつかんばかりだったのが、今度は一斉に憎しみをわたしに向けるのか。（グロスタに）お前の父のヨーク公の恐ろしい呪いが天を動かすとでもお言いか?　わが夫ヘンリ六世の死、愛する王子エドワードの死、国は奪われ、この身は悲惨な追放、総てがあの小せがれの命の代りだというのか？　呪いが雲を突きぬけて天に届くものなら、逆るこの呪いに垂れこめる雲は吹き飛ぶがいい！

お前たちの王エドワード四世は、戦いではなく食い過ぎで死ぬがいい。われらのヘンリ六世王は殺されたのだ、あの男を王にするために！

（エリザベスへ）お前の息子エドワード、今は世継ぎだが、わたしの息子エドワード、かつて世継ぎだったあの子と同じに蕾《つぼみ》のうちに無残な死を遂げるがいい！　お前は王妃だが、かつて王妃だったわたしと同じに栄華の果てに生き恥をさらすがいい！

長々と生きて子供たちの死を嘆き続けるがいい。

次の王妃を眺めるがいい、わたしの権力を身にまとっておさまっているお前を今わたしが眺めているように！

その幸福な日々よ、お前が死ぬずっと前に終るがいい、あきあきする長い悲しみの日を過して、母でも妻でもイングランドの王妃でもなく死ぬがいい！

リヴァーズとドーセット、お前らは黙って見ていたろう、ヘイスティングズ卿、お前もだ、わたしの息子が刺されて血まみれになるのを。お前らにまともに生きられてたまるか、みな非業の死を遂げるがいい！

グロスタ　呪文はそれで終いだな、皺だらけの鬼婆。

王妃マーガレット　自分だけは別だというのか？　待てこの犬め、聴かせずにおくものか！　天よ、わたしの願う呪いを上越《うわこ》す大災禍をお貯えあるなら、ああ、こやつの罪が熟すのを待って、みじめなこの世の平和を掻き乱すこやつの頭上にその呪いを雨と降らせ給え！　良心の牙に永劫に嚙みさいなまれろ！　生きてある限り味方を裏切り者と疑い続け、最悪の裏切り者を最良の友と信じ続けろ！　いかなる眠りも人を射殺すばかりのその眼を閉ざすことなく、さもなくば地獄のすさまじい悪魔の悪夢におびやかされるがいい。悪魔の刻印を打たれた醜い土ほじりの豚め！　生まれついての人でなし、地獄の申し子、胎内にあって母を悩ませ、父を汚した人間の屑、この忌まわしい——

グロスタ　マーガレット！

王妃マーガレット　リチャードだ！

グロスタ　はあ？

王妃マーガレット　誰がお前を呼んだ？

グロスタ　これは失礼。いや、先程からの悪口雑言、すべてわたしに呼びかけてのことと思っていたので。
王妃マーガレット　なに？　当たり前よ、だが、誰が返事をしろと言った？
さあ、わが呪いの結びを聞け！
グロスタ　結んであげたでしょう？　今の「マーガレット」で。
王妃エリザベス　そう、自分で自分を呪うことになった。
王妃マーガレット　絵に描いた名ばかりの王妃よ、わが坐るべき座に咲いたあだ花！　あのふくれた大蜘蛛に何で甘い言葉をふりかける、その恐ろしい糸でからめ捕られながら？ばかな、ばかな！　おのれを刺す剣を磨く気か？　わたしに頼りたい日がいつかは来るぞ、その毒々しい蟾蜍《ひきがえる》を共に呪ってくれといってな。
ヘイスティングズ　でたらめな予言をするお人だ、気違いじみた呪いはやめられるがいい。あまりいうと、我慢にも程がありますぞ。
王妃マーガレット　恥を知るがいい！　こちらの我慢はもう切れている。
リヴァーズ　よくしてあげたら、あなたもちゃんとなさるかな？
王妃マーガレット　よくしてあげるというなら、ちゃんと礼を尽すがいい。わたしが王妃であり皆は臣下であることをわきまえるのだ。いいか、ちゃんと仕えろ。自分達の義務を心得るのだ！

ドーセット　議論するのはやめにしよう、気が変なのだから。
王妃マーガレット　お黙り侯爵、厚かましい。お前などの成り上り、まだ世間には通用しない。
　ああ、こんな若僧貴族でも分ろうに、爵位を失うことがどんなにみじめかは！　高くそびえるものはそれだけ強風にゆさぶられる。そして吹き倒されたらそれこそ粉々だ。
グロスタ　いい御忠告だな。覚えておけ、覚えておけよ、侯爵。
ドーセット　あなたにも言えるのではないですかな。わたしにもだが。
グロスタ　そう、あんた以上にな。なにしろおれの生れは甚だ高い。おれの雛たちは杉の木のてっぺんに巣を作って、風にたわむれ太陽をあざ笑うというふうだからな。
王妃マーガレット　そして太陽を暗くしてしまうのだ。――ああ！　ああ！　わたしの太陽、息子のエドワードも、見るがいい、今や死の暗闇の中、照り輝く光もお前の憎しみの雲に覆われて、永遠の闇の中に閉ざされてしまった。
　お前の雛どもはわたしの雛たちの王座を横取りしている。ああ、総てをみそなわす神よ、このままに済ませ給うな。
　血を流して奪ったものだ、血を流して失うがいい！
バッキンガム　もういいもういい、情《じょう》はなくとも恥を知るなら！

王妃マーガレット　恥とか情とか、押しつけるな。
無情にわたしを扱ったではないか。
恥知らずにもわたしの希望の灯、夫と息子をその手で虐殺したではないか。
わたしにとって慈悲は残虐。
生きていることは恥辱。
その恥辱の中になおわたしの悲しみの炎は燃えさかるのだ！

バッキンガム　もういい、もういい。

王妃マーガレット　ああ高貴なバッキンガム公、その手に口づけしよう、好意と友情のしるしに。お前とお前の一族に幸運が訪れるよう！
お前の衣装はわがランカスタ家の血に染《そ》んでいない、お前だけはわが呪いの外《そと》にある。

バッキンガム　ここにいる者は皆そうでしょう。呪いはそれを吐いた者の中に留まるといいますからな。

王妃マーガレット　そんなことがあるものか、呪いは天に馳せ昇って、安らかにまどろみ給う神を揺り起す。
ああ、バッキンガム、その犬（グロスタ）には気をつけるがいい！　じゃれついたと思ったら噛みついている。噛みついたらその牙の毒は死ぬほどの傷を負わす。かかわるなよ、用心して。罪と死と地獄、その烙印がその男には押されていてその手先どもがとり巻いている。

グロスタ　その女は何を言っているのだ、バッキンガム卿？

バッキンガム　気になるほどのことではありません。

王妃マーガレット　ほう、ばかにするのだね、親切な忠告を。近づくなと言ったその悪魔にへつらうのだね。

ああ、いつかこのことを思い出すだろう、お前の心をその男が悲しみで引き裂く日に。そしていうだろう、あのかわいそうなマーガレットは予言者だったと！

お前たちはその男の、その男はお前たちの、そしてみんなが神の憎しみの中に生きるがいい！　［退場

ダービー　身の毛もよだちます、あの呪いには。

リヴァーズ　まったくだ。なぜ監禁されていないのだろう？

グロスタ　わたしは責められんのだよ、あの女を。つくづく考えてみると、あまりにもひどい目に遭わされて来ている。わたしもそこに一枚はいっていろいろやったことを後悔するよ。

王妃エリザベス　わたしはあの女に何かした覚えはない。

グロスタ　だがあなたは彼女が苦しんだ分だけ十分に得している。わたしは誰やらにいい目を見させてやろうと熱くなり過ぎたな。その人は今や冷た過ぎて思い出してもくれないが。

いやはや兄貴のクラレンスはどうだ、十分に報いられている。働いた挙句に、肥らせて殺されるべく豚小屋の中だ。

神よ赦したまえ、彼をその目に遭わせた人々を！

リヴァーズ　神妙にクリスチャンらしい結びだな、われらに害をなした者のために祈るとは。

グロスタ　おれはいつもそうだ——（傍白）心得たものさ、ここで彼らを呪ってみろ、わが身を呪うことになるからな。

ケイツビー登場。

ケイツビー　王妃さま、国王がお呼びです。グロスタ公、あなた様も、それに諸卿も。

王妃エリザベス　分りました、ケイツビー。さあ、皆さんも。

リヴァーズ　お伴します。　［グロスタ公リチャードを残して一同退場

グロスタ　火をつけておいて真っ先に騒ぎたてる。そっと悪事の口開けをしておいて、そ

の重大な責任は誰かにあるといって責めたてるわけだ。
兄貴のクラレンス、あれを暗闇に放りこんだのは確かにおれだが、阿呆どもの前では涙を流してみせる、ダービー、ヘイスティングズ、バッキンガムなどの前ではな。そして、王をそそのかして兄貴を陥れたのは王妃とその一味だと言ってやるのだ。すると奴らは信じこむ、どころかおれをけしかける、リヴァーズやドーセットやグレイに復讐しろといって。しかしおれは溜息をついて、聖書の文句を持ち出して、神は悪に報いるに善を以てせよと言っていられるではないか。――こうやってわがむき出しの悪に、聖書から盗み出した古い布切れを着せてやるのだ。悪魔を演じ切っている時こそ聖人に見えるというわけだ。

二人の殺し屋登場。

だが待てよ、だ、殺し屋どもが来たようだ。
どうだな、大胆不敵な御連中！　手早く片付けに御出発か？

殺し屋1　さようで。あの方のおられる所にはいれる委任状を貰いに来ました。

グロスタ　よく気がついた。ここに持っているよ。［委任状を渡す
済ませたらおれのクロズビーの屋敷に来てくれ。手っとり早くやれよ。それと情けは

無用だ、頼まれても耳など貸すな。クラレンスは口がうまい、聞いていると憐れになりかねない。

殺し屋1 チェッだ！　おしゃべりに行くわけじゃありませんぜ。しゃべり上手は実行べただ。大丈夫。手を使いに行くんです、舌をじゃねえ。

グロスタ ばかは涙を流すが、お前たちの眼からは石の涙か。気に入ったぞ、すぐ仕事にかかれ。さあ行け。

殺し屋1 では旦那。

［一同退場

第四場　ロンドン塔内

クラレンスと看守登場。

看守 なぜ今日はそんな沈んだお顔を？

クラレンス ああ、みじめな夜《よる》だった、奇怪な光景や恐ろしい夢が一杯で、まともな人間にとって絶対にいやだ、もうあんな夜《よる》は、引きかえに幸福な真昼がいくら買えても。――初めから終りまでもの凄い恐怖に満ちていた！

看守　どんな夢だったので？　お聞かせ下さい。

クラレンス　どうやらこのロンドン塔を脱け出して、幼い頃にいたあのバーガンディへ渡ろうとしていたらしい。弟のグロスタがいっしょにいて、船室から出てガタガタの甲板を歩こうと誘うのだ。二人でイングランドを振り返って、ヨークとランカスタ両家の薔薇《ばら》戦争のあいだ、われわれに降りかかった苦難の数々を語りあっていた。と、危ない足場を歩いているうちグロスタがつまずいて、支えようとしたおれにぶつかって、おれは逆巻く波の中に投げ出されたらしい。ああ、溺れて苦しかったこと、耳一杯の恐ろしい波音、眼に迫ってくる醜い死！　何千という奇怪な船の残骸や何千という魚に食い荒らされた死骸を見た気がする。金の地金、巨大な錨、真珠の山や無数の宝石、値も知らぬ宝玉、一面海底に散らばっているのだ。髑髏《どくろ》の中にはまりこんで眼窩《がんか》の奥から、嘗《かつ》ての眼《まなこ》をあざけるように光っている宝石がぬらぬらした海底に秋波を送って、散乱する死体の骨を嘲笑《あざわら》っている。

看守　今にも死のうかとされる時に、水底《みなそこ》の秘められた姿をまざまざと御覧になるゆとりがおありでしたか？

クラレンス　あったらしいのだ。おれは何度も思い切って死のうとしたのだが、意地悪な海水がおれの魂を押えつけて、広大自由な虚空へ逃れることを許さんのだ。胸は詰まってあえぎ、今にもそれを海中へ吐き出すかと思えた。

看守 お目覚めにならなかったのですか、そんなひどいお苦しみでも。

クラレンス いやいや、夢はあの世へまで続いたのだ。ああ、そこで嵐がおれの魂を襲って来た、どうやらおれは暗い流れを渡って、詩人たちが描いているあの陰気な渡し守に常闇《とこやみ》の国へ送られたらしい。新入りのおれの魂をそこでまず迎えたのはおれの舅《しゅうと》、あの名高いウォリック卿で、「裏切り者のクラレンス、誓いを破った貴様にこの闇黒の世界が与える罰を思い知れ」と大声で叫ぶと消えて行った。すると天使のような影が——ヘンリ六世の王子エドワードだ——金髪は血だらけでゆらゆら現れると、きしむように叫んだ。「来たなクラレンス、裏切り者、心定まらず誓いを破ったクラレンス、テュークスベリの戦場でおれを刺し殺したな。捕まえろ復讐の女神たち、捉えて痛めつけろ!」たちまち悪魔のひと群れがおれを取り巻いたようだった。そして恐ろしい叫びをこの耳に浴びせかけたので、その凄まじさにおれは身震いして目が覚めたが、暫《しばら》くはまだ地獄にいるとしか思えなかった。それほど恐ろしい思いを刻みつけたのだ、おれの夢は。

看守 怖い思いをされたのもご無理ありません。お話を伺っただけでぞっとします。

クラレンス ああ獄卒よ、この魂をいま苦しめている行為をおれがとったのも、総てはおれの兄、現在のエドワード四世の為だったのに、その報いがこのざまだ! ああ神よ!

心よりのわが祈りも御心《みこころ》をやわらげず、過ちとしてわれを罰し給うとあるなら、お怒りをせめてわれ一人にとどめたまえ。罪なきわが妻、哀れなるわが子らは見逃し給え。
獄卒よ、暫くそばにいてくれ。心が沈む。眠りにつきたいのだ。

［クラレンス眠る

看守　かしこまりました。静かにおやすみになりますよう。

代官ブラッケンベリ登場。

ブラッケンベリ　悲しみは覚めている時をも眠りの時をも乱して、夜《よる》を朝と、真昼を夜とも思わせる。王侯の栄誉といってもただ肩書きだけだ。外《そと》に名誉を誇るほど内に悩みを持つ。空ろな栄光はあっても現実は山なす心労なのだ。貴族と平民の間には、見せかけの名声のほか、何の違いもないのだ。

二人の殺し屋登場。

殺し屋1　やい！　どこのどいつだ？

ブラッケンベリ　何しに来た、おい、どうやって入って来た？

殺し屋1　クラレンスと話しに来たのよ、二本の足でな。

ブラッケンベリ　不愛想な奴め。

殺し屋2　長々としゃべるよりいいでしょう。

委任状を見せてやれよ、何もしゃべらないでな。　［ブラッケンベリ、それを読む

ブラッケンベリ　これによると、クラレンス公をお前らに引き渡せとある。どういうことか聞くのはやめよう、わけは知らずにおきたいからな。

公はそこに眠っていられる。

これが鍵だ。

王の許に行って、任務はお前たちに引き継いだと申しあげよう。

［ブラッケンベリと看守退場

殺し屋1　そうしろ、いい分別だ。じゃあな。

殺し屋2　おい、眠ってるところを刺すんか？

殺し屋1　いや、卑怯なやり口だったと言うぞ、目が覚めたら。

殺し屋2　何だって？　目を覚ますはずはねえだろ、最後の審判の日まで。

殺し屋1　いいや、その時になって寝てるところを刺したって言うんだよ。

殺し屋2　〝最後の審判〟だなんて言ったもんで、少々気の毒な気がして来たな。

殺し屋1　何だ、おっかないのか？

殺し屋2　殺すことがじゃねえ、そのための委任状があるんだから。だが殺したのでこっちが地獄へ堕ちるとなると、守ってくれる委任状はねえわけだ。

殺し屋1　腹はきまってると思ってたがな。
殺し屋2　そうさ、生かしとくことにな。
殺し屋1　グロスタ公のところへ戻って、そう報告するぞ。
殺し屋2　頼む、ちょっと待ってくれ。このおやさしい気分もすぐ変るからな。大抵二十数える間《あいだ》も保《も》たねえんだ。
殺し屋1　じゃあ今はどうなんだ。
殺し屋2　ううん、良心の滓《かす》がまだ少しな。
殺し屋1　やっつけたあとの褒美のことを思いだしてみなよ。
殺し屋2　うん、もう消えちまった。褒美のことを忘れてたよ。
殺し屋1　良心のほうはどこへ行っちまったね?
殺し屋2　うん、グロスタ公の財布の中さ!
殺し屋1　公爵が褒美をくれようって財布をあけると、良心は飛んで行っちまうわけか?
殺し屋2　どうでもいいや。飛んでっちまえだ。良心なんか飼ってる奴なんてまず居ねえよ。
殺し屋1　そいつが舞い戻って来たらどうするね?
殺し屋2　構いつけねえ——あいつは人を臆病にする。盗もうとするといけねえという。

悪口を叩こうとすると留めにかかる。隣の女房と寝ようとすると嗅ぎつけやがる。恥かしそうに顔を赤くさせてこちらの胸の内をばらしやがる。何かというと邪魔だてする。いつか金貨の詰まった財布を盗《ぬす》——見つけたのに返させられちまった。あんなものを飼ってると乞食にされちまうぞ。どこの村でも町でも危ねえから寄せつけねえ。いい暮しをしようって人は、誰でも自分を頼りにしてあんなものは相手にしねえ。

殺し屋1 畜生、あいつおれッとこにも近寄って来て、公爵を殺すなとささやきやがる。

殺し屋2 だったら心ッ中に押しこめて消しちまえ。でないと、うまいこと言って後で後悔させるぞ。

殺し屋1 おれもしっかり者だ。負けるもんじゃねえ。

殺し屋2 名誉にかけちゃあひけをとりませんって調子だな。

さて、仕事にかかるか。

殺し屋1 剣の柄《つか》で頭を殴りつけろ、隣の葡萄酒《ぶどうしゅ》の樽にぶちこむんだ。

殺し屋2 名案だ！ クラレンス漬けと来たな。

殺し屋1 しっ！ 目を覚ましたぞ。

殺し屋2 殴れ！

殺し屋1 待て、話しかけてみよう。

クラレンス　どこにいる、獄卒よ？　葡萄酒を一杯くれぬか？
殺し屋2　葡萄酒なら今すぐたっぷりさしあげますよ。
クラレンス　一体誰だ、お前たちは？
殺し屋2　人間ですよ、御同様に。
クラレンス　だが、おれは王家の一族だぞ。
殺し屋2　ところがこっちは忠義な一族で。
クラレンス　声は威丈高《いたけだか》だが見かけはおとなしそうだ。
殺し屋1　声は王様の声だが、見かけは御覧のようで。
クラレンス　何という暗い不吉な声を出す！
　その眼が恐ろしい。何で蒼い顔をしている？
　誰の使いだ？　何しに来た？
殺し屋2　それが、その――
クラレンス　殺しにか？
二人　そう、そうで――
クラレンス　はっきりと言い切る勇気がないな、とするとやってみせる勇気もないな。い
　つどこでおれがお前たちに悪いことをした？

殺し屋1　おれたちにじゃない、王様にでさ。

クラレンス　王とならいつでも仲直りするぞ。

殺し屋2　そうは行かんのです、公爵。だから死ぬる用意を。

クラレンス　お前たちは有象無象《うぞうむぞう》の中から選ばれて無実の者を殺しに来たな。
おれの罪が何だか言えるか？　おれを追及するどんな証拠がある？　どんな合法的な査問会が評決してしかめっ面の判事に報告した？　でなければ誰が死刑を宣告した、この哀れなクラレンスに？
正当な法の手続きで宣告が下される前に、死を以て脅かすとは不法の極みではないか。おれは命令する、お前たちがわれらの深い罪のために流されたクリストの尊い血によって救われたいと望むならば、帰るがいい、おれに手を触れることなく。お前たちがやろうとしていることは堕地獄の罪だ。

殺し屋1　おれたちのしようとしていることは、命令なんだ。

殺し屋2　そして命令を下したのは王様さ。

クラレンス　大間違いだ、ばかもの！　王たちの王たる偉大なる神は、その掟の中で汝殺すなかれと命じておられる。なのにお前らは、神の命令を足蹴《あしげ》にして人間の命令は守ろうというのか？　気をつけるがいい、復讐を手に持ち給う神は、その掟を破る者の頭上にそれを投げ下《くだ》し給うのだ。

殺し屋2　そのおんなじ罰があんたの上に下されるんですよ。贋《にせ》の誓いを立てたり、それに人殺しまでしたというので。

あんたはランカスタ家の側に立って戦うと神に誓ったんでしょうが。

殺し屋1　そして神の御名《みな》にそむく者になってその誓いを破ってよ、裏切りの剣で以て主君ヘンリ六世の王子エドワードの腹をたち割っちまった。

殺し屋2　あんたが大切に守ると誓った王子のよ。

殺し屋1　そのあんたが神の恐ろしい掟たらいうもんをおれたちに押しつける、自分でおっそろしく破っておきながらよ。

クラレンス　ああ、一体誰のためにその悪業《あくごう》をおれは犯した？　エドワードのため、兄のため、エドワード四世王のためではないか。だから、だから、そのことのためにおれを殺せと、エドワードがお前たちをよこすわけがない、罪の深さはこの点では彼もおれと変りないのだ。もしも神がそのことのために罰を下し給うのなら、必ずや公然とそうされるはずだ。力強い神の御手《みて》からその御業《みわざ》を奪うな。神は御心に背いた者を滅ぼすのに、不正不法な手段など必要とされんのだ。

殺し屋1　ならば誰があんたを残酷な手先に使ったですかね？　美しく育っていたプラン

タジネット家のあの若々しい王子をあんたに殺させるのに。

クラレンス　兄を思う心と悪魔とおれの怒りだ。

殺し屋1　その兄上を思う心と忠誠心とあんたの罪とに駆りたてられて、ここへあんたを殺しに来たのよ。

クラレンス　兄を思うならおれを憎むことはない。おれは兄の弟で、心から兄を愛している。金で雇われているだけなのなら、引っ返して弟のグロスタ公の所へ行くがいい。おれが生きていることを聞いたら、エドワード王がおれの死を聞いてよこすのよりたくさんの褒美が貰えるぞ。

殺し屋2　大間違いだ、弟さんのグロスタ公はあんたを憎んでる。

クラレンス　何を言う。彼はおれを愛している。大事に思っている。すぐ彼の所へ行ってみろ。

殺し屋1　はあ、そのうちにね。

クラレンス　こう伝えてくれ、父ヨーク公が息子のわれら三人を勝利の腕に抱いてお互い愛しあうよう心から命じられたとき、兄弟が対立するとは思ってもみられなかったはずだと。このことを思い出すようグロスタに言ってみろ、涙を流すにきまっている。

殺し屋1　石の涙でも流しますかね。泣く時はそうしろと教えられてきた。

クラレンス　ああ、彼を中傷するな、あれはやさしい男だ。
殺し屋1　その通り、刈り入れ頃の雪みたいにね。あんたは思い違いをしてる。あの人だよ、あんたを殺せといっておれたちをここへ差し向けたのは。
クラレンス　そんな馬鹿な。別れるとき、あれは涙を流して、両腕でおれを抱きしめて泣きながら誓ったぞ、何とかしておれを救い出すと。
殺し屋1　いや、だからあの人、こうやってるんだ、今やあんたをこの世の苦しみから救い出して天国の喜びへ送ろうとね。
殺し屋2　神様と仲直りするんだな、死ななきゃならんのですからね。
クラレンス　神様と仲直りしろと勧めるほどお前は信心深いのか、だのに自分の魂にはそんなに盲目なのか？　おれを殺すというのは神に戦いを挑むことなのだぞ。よく考えてみろ、お前たちをそそのかしてこんな事をやらせる連中は、それをやったらお前たちを憎むようになるぞ。
殺し屋2　なら、どうしたらいいんで？
クラレンス　悔い改めて自分たちの魂を救うのだ。
殺し屋1　悔い改めろ！　ちぇっ、そいつは卑怯だ、女みてえだ。
クラレンス　悔い改めないのは畜生だ、野蛮人だ、悪魔だ。

お前たちのどちらにしろ、もし王家の生れで今のおれのように自由を奪われているところへお前たちのような殺人者が二人組でやって来たら、当然命乞いをするだろう？（殺し屋2に）ああお前、お前の顔には哀れみの色が見える。もしその眼が本心を表しているのなら、おれの味方になって命乞いをしてくれ——おれの身になったらお前もそうするだろうように。王家の者がこうして頼むのだ。乞食だって哀れに思うだろう。

殺し屋2　御覧なすって、後ろを。

殺し屋1　〔クラレンスを刺す〕ほうら、こうだ、こうだ。これでも利かなきゃ、あっちの葡萄酒の樽の中にぶちこんでさしあげよう。〔死体を持って退場

殺し屋2　酷《むご》いことだ、ひどいことをやったもんだ！　こんな無茶な罪深い人殺しからは、クリストを処刑したピラトじゃないが、さっぱりと手を洗いたい！

殺し屋1、再び登場。

殺し屋1　おいどうした、手伝いもしねえで。サボりやがったと公爵に言いつけてやるぞ！

殺し屋2　公爵に、お兄さんの命を助けましたと言いたかったよ！褒美はお前にやる。あの人にこう言ってくれ、おれは公爵が殺されたことを後悔して

るってな。　　　　　　　　　　　　　　　　　　　　　　　　　　〔退場

殺し屋1　後悔なんておれはしてない。勝手にしろ、臆病者。

　さて、と、あの死体、どこかの穴に隠しておこう、そのうち公爵からどこへ埋めろと指図があるだろう。金を受け取ったらずらからなきゃな。表沙汰になったら、ここにはいられないからな。　　　　　　　　　　　　　　　　　　　　　　　　　　〔退場

第二幕

第一場　ロンドン　王宮

ファンファーレ。病気の王エドワード四世、王妃エリザベス、ドーセット、リヴァーズ、ヘイスティングズ、バッキンガム、グレイ、その他登場。

王エドワード　これでよろしい。これできょうという日にやるべき仕事は果した。諸卿よ、この一致団結をいつまでも持続せられるよう。わたしは世をしろしめす神のお召しを毎日待っている身だが、今こそわが魂は安らかに天国へ旅立てる、安らかな結びつきを地上で諸卿の間に作ったのだから。ヘイスティングズとリヴァーズ、手を取り合うがいい。ひそかに憎しみを隠したりせず、真の愛情を誓いあうがいい。

リヴァーズ　誓ってわが魂に恨みがましい思いなど残っておりません。この握手を真の愛情のしるしといたします。

ヘイスティングズ　わが命にかけて、心から同じ誓いを立てます！
王エドワード　王の前で真似事は許されんぞ。諸王の王たる至高の神は隠された虚偽を打ち砕いて、互いを互いの殺戮者たらしめられよう。
ヘイスティングズ　わが命にかけて、同じ誓いを繰り返します！
リヴァーズ　わたくしもまた、心からヘイスティングズへの友情を誓います！
王エドワード　后《きさき》よ、お前とて例外ではないぞ。お前の連れ子ドーセット、それにバッキンガムも同様だ。お前たちは徒党を組んで互いに争って来たろう。
　后よ、ヘイスティングズ卿を信じて口づけを手に受けるがいい。心から受けるのだ。
王妃エリザベス　さあヘイスティングズ卿、過去の憎しみはきっぱりと忘れます。わたしもわたしの一族も。
王エドワード　ドーセット、抱きあってくれ。ヘイスティングズもドーセットを。
ドーセット　互いの友情をわたくしがいます限り断ち切ることは、決していたしません。
ヘイスティングズ　わたくしもまた誓います。〔二人抱擁する
王エドワード　ではバッキンガム公、この結びつきを固めるため王妃の一族を抱きしめて、その結びつきでわたしの心を安らがせてくれ。
バッキンガム　〔王妃に〕このバッキンガム、お后に恨みを抱いたり、あなたと御一族に敬愛

の念を欠くことありましたなら、神よ、われを罰して、深い愛を願う時に憎しみを下し給え！　わたくしが友を得たいと心から願い、そしてこの人こそわが友よと信じている時、その彼が裏切りを心に秘めた極悪人、邪悪な人物であったとしても構いません！　このことを神に願います、あなたと御一族へのわたくしの忠誠心が冷めました時は。

［二人抱擁する

王エドワード　その誓いはバッキンガム公よ、この病める心への嬉しい強心剤だ。これで弟のグロスタがいてくれれば、この和解も申し分ないことになるのだが。

バッキンガム　ああ、よいところへラトクリフ公とグロスタ公が。

グロスタとラトクリフ登場。

グロスタ　王にもお后にも御機嫌うるわしく、それに諸卿もお揃いで何よりです！

王エドワード　このように幸福な日はないと言っていい。弟よ、まことによいことをしたのだ、互いに憎悪を燃え上がらせていたこの諸卿の間の、敵意を和解に、憎悪を友愛に変えたのだ。

グロスタ　祝福さるべき御努力でしたな、王よ。この諸卿の中で、誰か誤った噂や間違った臆測からわたしを敵と――でなければわたしのほうが知らずに、または怒りにまかせて耐えがたい仕打ちをここにおいでの誰かに与えることがあったら、どうかもとの友情に戻らせて頂きたい。敵意を受けることはわたしには死に等しい。わたしはそれを憎む、そして総ての人の友愛を望む。

まずお后《きさき》よ、真の和解をお願いしたい、そのためにわたしは忠節を尽します。あなたにもだ、高潔なバッキンガム公、わたしとの間に何のわだかまりもない筈だ。リヴァーズ卿とドーセット卿、お二人とも理由なくわたしに渋面を見せていられたわけだ。

ウッドヴィル卿、スケイルズ卿、あなた方もだ。

公爵、伯爵、諸侯、その他すべての諸子よ——そう、イングランドのいかなる人とも、わたしは今夜生れたばかりの赤子のように、いささかの違和をも感じない。神に感謝するが、わたしの性質はおだやかなのです。

王妃エリザベス　きょうの神聖な誓いがいつまでも忘れられませんよう、すべての争いがめでたく収まるよう祈ります。

王よ、お願いでございます、弟君クラレンス公をもどうかお宥《ゆる》し下さい。

グロスタ　何ですと、王妃、わたしが今捧げた友愛の言葉を王の面前で愚弄されるのですか？　クラレンス公の死は誰でも知っていることだ。　［一同驚くあの人の死体をあざけって侮辱しようお積りですか？

王エドワード　誰でも彼の死を知っている！　誰が知っているのだ？

王妃エリザベス　総てをみそなわす神よ、何ということでしょう！

バッキンガム　わたしも蒼ざめているか、ドーセット卿、皆のように？

ドーセット　もちろんそうだ。御前にいる者で頬から血の気の失せていない者はない。

王エドワード　クラレンスが死んだ？　命令は取り消したはずだぞ。

グロスタ　かわいそうに、兄上、あなたの最初の命令で処刑されたのです。翼のある神のマーキュリーがそれを届けたのですな。取り消しの令状を運んだのはのろまのちんばで御埋葬にも間に合わなかった。

神も寛容であらせられる、兄上ほどに高貴でも忠誠でもなく、王の血は引かずとも残忍な血に充ちた者たちが、哀れなクラレンスのような仕打ちにも遭わず、疑いもかけられずにまかり通っている！

スタンリー登場。

スタンリー　お願いでございます、王よ、わたくしの忠勤に免じて！

王エドワード　静かにしてくれ、わが胸には嘆きが溢れている。

スタンリー　お聞き届けあるまではこの膝を立てません。

王エドワード　ならばすぐに言え、願いとは何だ?

スタンリー　わたくしの部下の死刑を、王よ、どうかおゆるし願います。その者は本日一人の暴漢を殺しましたが、それが最近までノーフォーク公に仕えておりました男で。

王エドワード　わが実の弟に死刑を宣告したこの舌で、この舌で下種下郎《げすげろう》に赦免を申し渡せというのか? 弟は誰をも殺しはしなかった——ただもくろんだだけだ、しかも苛酷な死を以て罰せられた。誰があれの為に嘆願してくれた? 怒りに我を忘れたわが足許にひざまずいて誰が諌《いさ》めてくれた? 誰が兄弟の情を説いてくれた? 肉親の愛を説いてくれた? 哀れな弟が舅ウォリックを捨ててわが為に戦ってくれたことを誰が言ってくれた? テュークスベリの戦場でオクスフォードがわたしを倒そうとしたとき、彼がわたしを救って「兄上、生きるのだ、王になるのだ」と叫んだことを誰が言ってくれた? 誰が言ってくれた? 二人が戦場に横たわりこごえて死のうかとしたとき、彼がわが服でわたしを包み、素裸《すはだか》同然のわが身をしびれる寒夜の中にさらしたことを。

これら総てを無残な怒りはわが記憶から、罪深いことだ、消し去ってしまっていた、それをお前たちのどの一人が思い出させてくれた? だのにお前たちの馬丁か下僕が喰《くら》い酔って人殺しをして、神の貴い似姿たる人間を辱しめたとなると、忽《たちま》ちひざまずいて御赦免を御赦免をだ。そしてわたしは愚かにもついそれを認めてしまう。

［ダービー、立つ

だが弟のために一人でも口を利いてくれたか？　わたしもまた、何ということだ、哀れなあれの為に自分を説き伏せようとしなかった。今を盛りのお前たち総て、存命中の彼から恩義を受けぬ者が一人でもあったか。だが誰一人、一度たりとも彼の助命を乞うた者はない。

ああ神よ、あなたは必ずこのことに正義の裁きを下されるでありましょう、このわが身に、お前たちに、わが一族に、そしてお前たちの一族にもだ！

さあヘイスティングズ、わが部屋へ連れて行ってくれ。

ああ、哀れなクラレンスよ！

［王と王妃、数名の者と退場

グロスタ　軽率の結果だ、これも。

ところで気づかれなかったかな？　お后《きさき》の一族が、クラレンスの死を耳にしたとき罪ある者のように顔色を変えた。彼らなのだ、殺害のことを絶えず王に迫っていたのは！

いずれ神が復讐されようが。

が、まあ、奥へ行こう。王のそばにいて皆でお慰めしよう。

バッキンガム　お供しましょう。

［一同退場

第二場　ロンドン　王宮

年老いたヨーク公夫人（エドワード四世、クラレンス、グロスタの母）、クラレンスの息子と娘を伴って登場。

息子　ねえおばあさま、ぼくたちのお父さま、死んだの？

ヨーク公夫人　いいえ。

娘　じゃあなぜそんなに涙を流したり胸を叩いたり、「ああクラレンス、かわいそうな子！」って泣いたりなさるの？

息子　なぜぼくたちを見つめて頭を振って、みなし児、かわいそうな子、みじめな子たちなんておっしゃるの？　お父さまがお元気なら。

ヨーク公夫人　かわいい孫たち、二人とも思い違いよ。わたしが嘆いているのは王の御病気、お亡くなりになったら大変だもの。お父さまの死のことじゃない。亡くなった人を嘆くのは無駄な嘆きでしょう。

息子　やっぱりおばあさま、お父さまは死んだんだ。おじさまだ、王さまのしわざだ。神さまが仇を討って下さる。そうなるように毎日一所懸命お願いしよう。

娘　あたしもしよう。

ヨーク公夫人　黙って。静かにおし！　王はお前たちを大変愛しておいでだ。まだ何も分らないお前たちに、誰がお父さまを殺したか察しがつくものですか。

息子　つきます、おばあさま。グロスタおじさまが教えてくれた、王さまがお后《きさき》にそそのかされて、罪をこさえてお父さまを牢屋に入れたんだって。そう言いながらおじさまは涙を流して、ぼくをかわいそうだと言って頬っぺたにキスして下さった。父親のつもりで頼りにしろよ、子供と思ってかわいがってやるからなって。

ヨーク公夫人　ああ、欺瞞はそんなおだやかな姿をとって、やさしい顔つきの奥に深い悪意を隠すものだ！

あれもわたしの子。そう、それが何よりの恥。でもあのゆがんだ根性は、この乳房が与えたものでは決してない。

息子　あのおじさまが嘘をついたとおっしゃるの？　おばあさま。

ヨーク公夫人　ああ、そうなんだよ。

息子　そんなはずないや。

あ！　何だろうあの音は？

王妃エリザベス、髪ふり乱して登場。あとからリヴァーズとドーセット。

王妃エリザベス　ああ、わたしが泣きわめくのを留めても無駄よ、この運命を呪って自分を痛めつけてやるんだ。魂に逆らって真暗な絶望に身をゆだねてやるんだ、自分自身の敵になってやるんだ。

ヨーク公夫人　何です、その取り乱しようは？

王妃エリザベス　取り乱しの悲劇を演じているんです。エドワードが、わたしの夫、あなたの子供、わたしたち達の王様がお亡くなりになった。

根が枯れてしまって枝が伸びる？　樹液がなくなっても葉は枯れないというの？　生きる積りなら嘆くよりない。死ぬなら早く、わたし達の魂が羽ばたいて王に追いつけるように。そして忠実な臣下として常世《とこよ》の国にある新しい王国へお供できるように。

ヨーク公夫人　ああ、その悲しみはわたしのものでもある。あなたの夫はわたしの子供でもあったのだから！　わたしも愛する夫の死に涙を流した。そして二人の息子にその面影を見ることで生きて来た。それが今、生き写しの気高い鏡が二つとも、悪意ある死の手で粉々にされてしまった。そしてせめてもの慰めに残ったのはあのゆがんだ鏡だけ、それがわたしの醜さを写してわたしを悲しませる。

あなたは未亡人、でも母親として残された子供たちに慰められる。けれどわたしのほうは死が夫をこの腕からもぎ取って、この弱い手から杖を二本とも——クラレンスとエドワードをもぎ取ってしまった。ああ考えてごらん——あなたの嘆きなどわたしの半分もありはしない——わたしにはあなたの叫びなど溺らしてしまうまで泣き叫ぶわけがある。

息子　ああおばさま、おばさまはお父さまが死んだ時は泣いて下さらなかった！　だからおばさまのためだって泣くことなんかできないや。

娘　お父さまをなくしたあたし達には涙を流して下さらなかった。だからおばさまが一人になったって泣いてあげない！

王妃エリザベス　わたしの嘆きは放っておおき。涙も出ないほどわたしは涸れてはいない。あらゆる泉がわたしの眼に流れこんで、満ち干を司る月の命ずるままに、世界を溺らせるほどの涙を流させておくれ！　ああ、夫のために、愛するエドワード王のために！

子供たち　ああ、お父さまのために、愛するクラレンス公のために！

ヨーク公夫人　ああ、二人の、二人の子供。エドワードとクラレンスのために！

王妃エリザベス　エドワードだけが頼りだったのに、逝ってしまった。

子供たち　クラレンスのお父さまだけが頼りだったのに、逝ってしまった。

ヨーク公夫人　あの二人だけが頼りだったのに、逝ってしまった。
王妃エリザベス　こんなつらい思いをしたやもめがいたろうか。
子供たち　こんなつらい思いをしたみなし児がいたろうか。
ヨーク公夫人　こんなつらい思いをした母親がいたろうか。
　ああ、皆のその悲しみの母がわたしよ！　皆の悲しみはひとかけらずつ、わたしのはその全部。エリザベスがエドワードのことを泣けばわたしも泣く。わたしがクラレンスのことを泣いてもエリザベスは泣かない。この孫たちがクラレンスのことを泣けばわたしも泣く。わたしがエドワードのことを泣いてもこの子たちは泣かない。
　ああ、三倍も打ちのめされたわたしへ、お前たち三人、揃って涙を注ぐがいい！　わたしはお前たちの悲しみの乳母、その悲しみをわたしの嘆きで育ててあげよう。
ドーセット　お気持を楽に、母上。神のなされたことに不平を申されては、神も怒《いか》られましょう。俗世間でも親切心から快く貸してくれたものをしぶってなかなか返そうとしない者は忘恩の徒と呼ばれます。ましてそのように天意にそむかれては。天はあなたにお預けになった王のお命を返せと言っていられるのですから。
リヴァーズ　姉上、人の子の母として若い王子のことを思い出して下さい。すぐ呼びにやるのです。即位させるのです。あの子の中にあなたの慰めは生きている。どうにもならぬ悲しみはエドワード王の墓に葬って、喜びの花を生けるエドワードの王座に咲かせるのです。

グロスタ、バッキンガム、ダービー、ヘイスティングズ、及びラトクリフ登場。

グロスタ　姉上、元気をお出しなさい。われら皆、輝く星を失った嘆きを共にしています。しかしいくら嘆いてもこの運命を戻すことはできません。あ、母上、お赦し下さい、おいでとは気がつきませんでした。ひざまずいて祝福をお願いします。

ヨーク公夫人　神の祝福を。お前の胸にやさしさを、そして愛と慈悲心と従順と忠誠心を植えつけて下さいますよう！

グロスタ　アーメン。〔傍白〕そして天寿を全うしますよう！　というのが母親の唱える文句の結びのはずだが、驚いたな、そいつをおぬかし遊ばした。

バッキンガム　暗い面もちの、重い心の諸卿よ、お互い同じ嘆きの重荷を背負っている今こそ、友愛を以て慰めあおうではないか。亡き王の収穫はいま使い果されてしまったが、これからは若い王子の実りをわれらが刈り取ることになります。諸卿がそれぞれに驕《おご》って抱いた激しい恨みも、いま副木《そえぎ》を当てて結び合わされたばかり、大事に穏やかに守って行かねばなりません。

わたしとしてはごく少数の者を遣《つか》わして直ちにラドロウから王子をこのロンドンにお迎えし、戴冠式を行うのがよかろうと思います。

リヴァーズ　ごく少数の者とはどうしてです、バッキンガム卿？

バッキンガム　それは卿よ、大勢では縫ったばかりの傷口がまた破れる恐れがある。となると現状よりも一層危険だ。わが国はまだ処女地同然、鍬《くわ》もはいっていない。馬は手綱も手放しの状態、各自勝手に走り回っている。とすれば、明白な危険はもちろん、危険の恐れだけでも避けるのがよいとわたしは考えます。

グロスタ　王はわれら一同を和解させられたはず。その盟約はわたしの中で確固としている。

リヴァーズ　わたしだってそうだ。御一同も同じでしょう。しかしその盟約はまだ結ばれたばかり、それが破られそうな明白な危険にさらすべきではないし、お伴を多くすればその恐れがあります。だからしてわたしはバッキンガム卿と同様、王子をお迎えするのは小人数がいいと考えます。

ヘイスティングズ　わたしも同意見だ。

グロスタ　ではそうしよう。奥へ行って、誰をラドロウに急いで遣わすかを決めるとしよう。母上、そして姉上も一所に行って、このことについての御意見をお聞かせ頂けますか？　［バッキンガムとグロスタを残して一同退場

バッキンガム　公爵、誰が王子をお迎えに行こうと、われら二人、決して後に残ってはなりません。先日御相談した筋書きの幕あき、王妃の高慢な身内どもを王子から引き離すきっかけを道々狙いましょう。

グロスタ　おれの分身、おれの枢密院だあんたは。おれの神託、予言者、本当の身内だ。子供のようにおれはあんたの指図に従うよ。

ではラドロウに行こう、遅れちゃならんからな。　［二人退場

第三場　ロンドン　街路

一人の市民、一方のドアから、別な一人、別なドアから出る。

市民1　よう、こんちは。そんなに急いでどこへ？

市民2　本当のところ、自分でも分らねえ。

噂は聞いたろう?
市民1 うん、王様が亡くなったって。
市民2 悪い噂だ、まったく。いいことはちっとも聞かねえね。どうもこりゃ、こりゃあ悪い世の中になりそうだ。

いま一人の市民登場。

市民3 やあこんちは!
市民1 こんにちは。
市民3 本当かね、エドワード王様が亡くなったってのは?
市民2 ああ、本当過ぎる話よ。神様とにかくお助け下さいだ!
市民3 とすると、なあ二人とも、ますます悪い世の中になるぜ。
市民1 いやいや、ありがてえことに、王子さまが位につくことになるそうだ。
市民3 災いなるかな子供に治められる国よ、か。
市民2 うまく治めてくれる望みはあるさ。その年になるまでは重臣たちが、ちゃんと大人になったら、そうしたら自分でうまく治めてくれるさ。
市民1 そういう具合だったよ、ヘンリ六世が生れてまだ九カ月でパリで即位しなすった時も。

市民3　そういう具合だったかな？　いやいやそりゃ分らんぞ。だってあの時はこの国にゃあ、それまでにねえほど政治の分るお偉方が一杯いたもの。それに王様も自分を守ってくれる立派な叔父さんたちを持ってなすった。

市民1　だったら今度だって、父方にも母方にもいなさるよ。

市民3　全部が父方か、いっそ父方に誰もいないかならいいのよ。どっちが一番おそばに近いかの張り合いが起って、神様が裁いてくれなきゃ、おれ達までみんな痛え目に遭うもの。一番おっかねえのはグロスタ公よ！　それにお后《きさき》の子供さんたちや兄弟たちもえばり返ってる。みんな自分が国を治めようなんて思わねえでおさまってくれりゃ、この病人みてえな国も、前みてえに仕合せになるんだがな。

市民1　おいおい、心配のし過ぎだよ。万事うまく行くよ。

市民3　雲が見えたら知恵のある奴はコートを着る、大きな葉っぱが散り始めたら冬はもうそこだ、陽が沈んだらあとは夜だって思うじゃねえか。変な時に嵐が来りゃみんな飢饉を考える。誰だってうまく行ってほしいさ。けど神様がそうときめたらただじゃ済まねえ、おれ達の考えを上回ることになるぜ。

市民2　そりゃみんなびくびくしてるさ。誰と口利いたって沈んだ顔しておっかながってる。

市民3 変ったことが起きる前はいつでもそうだ。神様から授かったかんで、おっかねえことが起きると分るんだ。大嵐の前にゃ波が高くなることは、みんなからだで知ってる。ま、万事は神様まかせさ。

時にどこへ行くんだ?

市民2 ああ、裁判所に呼び出されてるんだっけ。

市民3 おれもそうだっけ。いっしょに行こう。

〔三人退場

第四場　ロンドン　宮廷

ヨークの大司教、若いヨーク公(エドワード四世の第二子)、王妃エリザベス、そしてヨーク公夫人登場。

大司教 昨夜御一行はストーニー・ストラトフォードにお泊りだそうで、今夜はノーサンプトンにお泊りだ。明日か明後日にはこのロンドンにお着きでしょう。

ヨーク公夫人 早く王子エドワードの顔が見たい。ずいぶん大きくなっているだろう、この前会った時より。

王妃エリザベス　そうでもないようですよ、話ではこの弟のヨークのほうが追い越しているらしい。

ヨーク　そうですよ、お母さま。でもぼくはいやなんです。

ヨーク公夫人　どうして？　大きくなるのはいいことでしょう？

ヨーク　でもおばあさま、いつかの晩、夕食の席でリヴァーズのおじさまが、ぼくの背《せい》がお兄さまより伸びたとおっしゃったら、グロスタのおじさまが「ふん」と言って、「小さな草には品がある、大きな雑草は伸び過ぎる」だって。だからそれからは早く伸び過ぎたくないと思ってるの。だってきれいな花はゆっくりと、雑草は急いで伸びるから。

ヨーク公夫人　それはそうかも知れないけれどね、その言葉はお前にそんなことを言った本人には当てはまらない。あれは小さい時からみじめなからだつきで、育つのも大変おそかった。だから、あれの言うのが本当なら、あの人にも品があるはずだけれどね。

大司教　それはそうでございますよ、お后《きさき》さま。

ヨーク公夫人　そうだといいけれど、母親とすれば心配です。

ヨーク　ああそうだ、あのとき思い出していたら、おじさまに意地悪を言ってあげられたのにな、おじさまの育ちかたはぼくよりみっともなかったって。

ヨーク公夫人　どういうこと？　ヨーク、言ってごらん。

ヨーク　それはね、おじさまはずんずん大きくなって、生れて二時間したらパンの皮でも噛めたんだって。ぼくは二年たってやっと歯がはえたのに。ねえおばあさま、そう言って噛みついてやればよかった。

ヨーク公夫人　ヨークや、誰からそんなこと聞いたの？

ヨーク　それはね、おじさまの乳母から。

ヨーク公夫人　あれの乳母！　あれはお前が生れる前に死んでるじゃないの。

ヨーク　でなかったら、誰から聞いたか分らない。

王妃エリザベス　ませた口を利くんじゃない！　おやめ、言葉が過ぎる。

大司教　お叱りなさいますな、幼いお子様のことです。

王妃エリザベス　壁に耳ありと言いますからね。

使者登場。

大司教　使者が参りました。

何事だ？

使者　このお知らせ、申しあげるのがつらいのですが――

王妃エリザベス　王子に何かあったの？
使者　王妃さま、お元気で。
ヨーク公夫人　では何の知らせ？
使者　リヴァーズ卿とグレイ卿がパンフリット城へ囚人として送られました。王子の侍従トマス・ヴォーン様も御一所です。
ヨーク公夫人　誰の命令で？
使者　有力なお二人の公爵、グロスタとバッキンガムの――
大司教　罪名は何だ？
使者　もう総てを申しあげました。なにゆえ何のためにあの方々が投獄されたか、わたくしには全く分りませんのでございます。
王妃エリザベス　ああ、わたしにはまざまざと見える、われわれ一家が崩壊して行くのが！虎がか弱い雌鹿を捕えたのだ。勝ち誇る暴逆がまだ頑是《がんぜ》なく威厳もない王座を踏みにじり始めたのだ。
来るがいい、破滅よ、血よ、虐殺よ！
絵に描いたように見える、わたしには、総てが滅んで行くさまが。
ヨーク公夫人　呪われた騒がしい動乱の日々、どんなにいくつもそれをこの眼は見て来たことか！
わたしの夫ヨークは王冠を手に入れようとして命を落とした。息子たちも何度この波の中で浮き沈みしたことか。その勝った負けたの度にわたしは喜んだり泣いたりした。そして息子が王位に即いて内乱の騒ぎがきれいに吹き払われると、今度は勝った者どうしが——兄と弟、血のつながる身内どうしが争い始める。
ああ、言いようもない狂気の動乱よ、悪魔の炎を消しておくれ、でなければわたしを死なせておくれ、これ以上人の死を見ないですむように！

王妃エリザベス　さあお前おいで。教会の聖域に隠れましょう。
お義母《かあ》さま、それでは。

ヨーク公夫人　お待ち、わたしも一所に行く。

王妃エリザベス　お義母《かあ》さまは御心配ないでしょう。

大司教　〔王妃に〕王妃さま、早く。大事な物や身のまわりの品、お持ち下さい。わたくしもお預かりしていましたこの玉璽、お返ししておきます。わたくし、この身にかけて御一統をお守りいたします！
参りましょう、聖域へ御案内します。　〔一同退場

第三幕

第一場　ロンドン　街上

トランペットの吹鳴。幼い皇太子エドワード（後にエドワード五世）、グロスタ、バッキンガム公、ケイツビー、枢機卿バウチャー、その他登場。

バッキンガム　歓迎いたします、王子よ、王城の地ロンドンへの御帰還を。

グロスタ　歓迎する、わが心を最も大きく占めている愛する甥よ。退屈な道中に気が滅入っておられるようだな。

皇太子　いいえおじさま。ただ道中でごたごたがあって、不愉快でいやな気の重いものになりました。

もっとほかのおじさま方にも出迎えてほしかったのに。

グロスタ　皇太子よ、まだその歳で、純白な心は世の欺瞞に染まったこともないわけだ、外見だけでしか人が見分けられないのも仕方ないが、外見は滅多に、いや必ず本心とは違うものなのだ。

いま会いたいと言ったそのおじ達はよからぬ者だったのだよ。皇太子としてその甘い言葉に耳傾けられたのだろうが、心の中の毒は見えなかったのだ。彼らから、また邪悪な者たちから、神が御身《おんみ》を守り給うように！

皇太子　どうぞ邪悪な者たちから守っていただけますように！　でもおじさま達は違います。

グロスタ　皇太子、ロンドン市長がお出迎えだ。

ロンドン市長と供の者たち登場。

市長　皇太子の御健康と御幸福をお祈りいたします！

皇太子　ありがとう市長、皆もありがとう。母上と弟のヨークはもっと早く途中まで迎えに来てくれると思っていたのに。

そうだ、ヘイスティングズは何をぐずぐずしてるんだ、母上たちが来られるかどうか知らせにも来ない！

ヘイスティングズ卿登場。

バッキンガム　ああ、ちょうどいいところへ、汗をかいて参りました。

皇太子　よく来てくれた。どうした、母上は来られるのか?

ヘイスティングズ　どういうわけかこのわたくしにも分りませんが、お母上の王妃と弟御のヨーク公は教会堂の聖域に籠られました。幼いヨーク公は、ぜひわたくしと一所にお出迎えしたいと申されましたが、母上が無理にお引きとめになりました。

バッキンガム　なに? 何という陰険で意地の悪いなさりようだ。枢機卿、お后《きさき》を説得して、ヨーク公をすぐにも兄君のところへよこされるようにして下さらんか。ヘイスティングズ卿、あなたも同行して、いやだと言われたらその疑り深い腕から公を無理にも引きもぎって来て頂きたい。

枢機卿　バッキンガム卿、わたしのつたない弁舌で母上からヨーク公を引き離せたら、それはすぐにもお連れします。が、もし穏やかにお願いしても耳を貸されぬようだと、わたしとしては祝福された聖域の神聖な特権を犯すことは神の許されぬところ! この国全土を賜わろうともそんな罪深いことはできません。

バッキンガム　それは愚かしく強情に過ぎる。あまりにも形式にとらわれ伝統にこだわっておられる。今の世の中のひどさを考えてごらんなさい、ヨーク公を連れ出すぐらいで聖域を汚すことになるはずがない。それに聖域の恩恵というのはな、行いがあそこにふさわしい者、また思慮あってあそこへ行きたいと望む者にのみ認められる。ヨーク公はそれを望まれたわけでもふさわしい方でもないから、従って恩恵があるわけもないと考えます。だとすれば、いるべきでない方をそこから連れ出してもそこの特権や不可侵権を犯したことにはなるまい。聖域に逃げこんだ大人の話はよく聞いたが、聖域に逃げこんだ子供というのはこれまで聞いたことがない。

枢機卿　では今度だけは仰せに従いましょう。ヘイスティングズ卿、いっしょに来て下さいますか？

ヘイスティングズ　参りましょう。

［枢機卿とヘイスティングズ退場

皇太子　二人ともできるだけ急いでね。

ねえグロスタのおじさま、弟のヨークが来たら、戴冠式まで二人はどこで暮すのですか？

グロスタ　王となる身に最もふさわしい所でな。わたしの考えでは、皇太子には一両日ロンドン塔で休息されるのがよろしかろう。そのあとはお好きな所で、健康と気晴らしに最もいいと思われる所でな。

皇太子　ロンドン塔は大きらいです、ほかのどこよりも。

あれはジューリアス・シーザーが建てたのですって？

バッキンガム　彼でございますよ皇太子、あれを初めて建てたのは。そのあと時代と共に何度か建て直されましたが。

皇太子　それは本に書いてあるの？　それとも代々話で伝わってるの？　彼が建てたということは。

バッキンガム　ちゃんと本にあります、皇太子。

皇太子　でも本になくても本当のことは代々伝えられて、ずっと子孫に受け継がれるんじゃないの？　最後の審判の日まで。

グロスタ　〔傍白〕幼くして賢きもの長生きせず、か。

皇太子　何ですか、おじさま？

グロスタ　本に書いてなくとも名は長生きすると言ったのさ。

〔傍白〕こうやって、古い芝居の悪玉よろしく、一語をふた通りに使い分ける、か。

皇太子　あのジューリアス・シーザーは名高い人ですね。あの人の武勇があの人の知恵を飾ったのだけれど、その知恵がその武勇を書きとめて生かしたのですね。死もこの征服者を征服できない、だって彼の名声は生きているもの、からだは死んでも。

ところでバッキンガム卿——

バッキンガム　何でございますか？

皇太子　もし大人になるまでぼくが生きていたら、フランスでの昔の権利を取り戻してみせる。でなかったら一兵士として死にたい、王として生きるよりも。

グロスタ　〔傍白〕早咲きの花のあとには短い夏、か。

ヘイスティングズ、幼いヨーク公、及び枢機卿登場。

バッキンガム　おお、いいところへヨーク公がおいでだ。

皇太子　ヨーク公リチャード、どうした、われらが愛する弟よ。

ヨーク　はい、畏れながら王よ――本当はこう呼ばなきゃいけないんだね。

皇太子　そうなんだ、お互い残念だけどね。その称号を持ち続けて頂きたかった方はあんまり急に亡くなられて、そのお蔭でこの称号もすっかり威厳をなくしてしまった。

グロスタ　お元気かな、わが甥のヨーク公よ。

ヨーク　ありがとうおじさま。そうだ、おじさまはいつか、雑草は伸びが早いっておっしゃいましたね。お兄さまはぼくよりずっと背が伸びてますよ。

グロスタ　さようですな。

ヨーク　そうするとお兄さまは雑草なの？

グロスタ　とんでもない、そんなことは。

ヨーク　じゃあおじさまはお兄さまのほうをひいきしていらっしゃるんだ。
グロスタ　お兄さまは主君としてわたしに命令されるお人だ。だがお前ヨーク公はわたしの甥というだけだろう？
ヨーク　ねえおじさま、その短剣、下さいませんか。
グロスタ　この短剣だと？　そうかそうか！
皇太子　そんなもの欲しがるのか、ヨーク？
ヨーク　おじさまはやさしいから下さるよ、おもちゃのようなものだから下さっても惜しくないって。
グロスタ　ではもっといいものをさしあげるかな。
ヨーク　もっといいもの！　ああ、じゃあその長いほうの剣もね！
グロスタ　うん、これがもっと軽かったらな。
ヨーク　ああ分った、おじさまは軽いものだけを下さるんだ。もっと重いものを欲しがるといやだとおっしゃるんだ。
グロスタ　これはお腰に吊るには重過ぎませんかな。
ヨーク　ぼくには軽いものですよ、もっと重くたって。
グロスタ　そうか、どうしてもこの剣が欲しいのだな？　おちびの公爵。

ヨーク　そうですよ、おっしゃった通りのお礼がしたいから。
グロスタ　何だね？
ヨーク　ちびっとしたお礼。
皇太子　このヨーク公というのはいつもひねくれた言いかたをするんです。おじさま、正面からお受けにならないで下さい。
ヨーク　というのは正面でなくて裏からということね？　おじさま、お兄さまはおじさまとぼくの両方をからかってるんですよ。ぼくは猿みたいにちびだから、おじさまの裏側にくっついてる瘤に乗っかれる。
バッキンガム　（傍白）何という機知縦横な口の利きようだ！　せむしのおじをからかいながら、その毒を薄めるためにうまくすぐ自分をからかってみせる。あの年であの才智、大したものだ。
グロスタ　それでは先に行って頂こうか？　わたしはバッキンガム卿とお前たちの母上のところへ行って、ロンドン塔でお二人を歓迎して頂くようお願いしてくる。
ヨーク　え、ロンドン塔へ行くのですか、お兄さま？
皇太子　摂政のおじさまがぜひそうしろって。
ヨーク　あの塔ではよく眠れないだろうな。

グロスタ　ほう、何が怖い？

ヨーク　だって、クラレンスおじさまの恐ろしい亡霊が。あそこで殺されたっておばあさまから伺いました。

皇太子　死んだおじさま達なんて怖くないよ。

グロスタ　生きてるおじさまだってそうだろう？

皇太子　生きてらっしゃるんだったら、こわがることないけど。でも行こう。おじさま達のことを考えながら、重い気持でロンドン塔へ。

［らっぱの吹鳴。グロスタ、バッキンガム、及びケイツビーを残して全員退場

バッキンガム　ちびでおしゃべりのヨーク公、したたかな母親に、おじ上を悪《あ》しざまにからかったりばかにしたりしてみろとそそのかされて来たのではありますまいかな？

グロスタ　その通りその通り。油断のならん小僧だ。無遠慮で気が利いてませていて大したものだ。頭のてっぺんから爪先まで母親そっくりだ。

バッキンガム　まあ、それはいいとしましょう。

こっちへ来てくれ、ケイツビー。お前はわれわれが口にした秘密を固く守って、確かにその意図を実行に移すと誓ったな。道中でわれらが強調した事情は分っている筈だ。どう思う？　ウィリアム・ヘイスティングズ卿を仲間に引き入れて、グロスタ公をこの

輝かしい国の王座におつかせするために一役買わせるのはむずかしいかな?

ケイツビー　あの方は先王のためにも皇太子を愛しておられます。皇太子のためにならぬことには応じられますまい。

バッキンガム　ではスタンリーはどうだ? やはりだめか?

ケイツビー　一から十までヘイスティングズ卿の通りに——

バッキンガム　よし、話はそれだけだ。ケイツビーよ、ヘイスティングズ卿のところへ行って、彼がわれわれの計画をどう思っているか、遠まわしに探ってみてくれんか。それから戴冠式について、会議をあすロンドン塔で開くから列席するようにとな。われわれに同意しそうだと見てとったら、焚きつけてやって、われわれの意図を全部話してやれ。だが鉛か氷のように冷たくて乗ってこないようなら、こっちもそうなって話は打ち切って、彼の様子をわれわれに伝えてくれ。そうなるとあすの会議は二つに分けることになる。その時はお前にうんと働いてもらわねばならん。

グロスタ　ウィリアム卿によろしくな。それからケイツビー、昔から彼が恐れていた政敵どもも、あすはパンフリット城で外科手術だと伝えてくれ。そしてこの吉報のお祝いに、ショア夫人にやさしい口づけをもう一つされるようにとな。

バッキンガム　ケイツビーよ、この使い、しっかりやるのだぞ。

ケイツビー　お二人とも、十分ぬかりなくやって来ます。

グロスタ　われわれが寝る前にケイツビー、報告して貰えるな?

ケイツビー　それは確かに。　［ケイツビー退場

グロスタ　クロズビー館《やかた》に二人ともいるからな。

バッキンガム　さてわれわれどうしますかな、ヘイスティングズ卿がこっちの計画に乗ってこないと思われる場合は?

グロスタ　首を刎《は》ねよう――何とかしなければならんのだから。ところでおれが王になったらすぐに、期待していてくれ、ヘリフォードの伯爵領と、兄貴の王が所有していた全動産を要求するがいい。

バッキンガム　そのお約束、どうか公のお手で果されますよう。

グロスタ　心を尽してよきように計らうからな。さあ、とにかく早く夕食だ。それからこの計画、どういう形かでうまく消化しよう。　［二人退場

第二場　ヘイスティングズ卿の邸宅の前

使者、登場してヘイスティングズ邸の扉へ。

使者　もしもし、ヘイスティングズ卿！
ヘイスティングズ　〔内から〕誰だ、戸を叩くのは？
使者　スタンリー卿からの者で。
ヘイスティングズ　〔内から〕何時だ一体？
使者　四時を打ったところで。

ヘイスティングズ卿登場。

ヘイスティングズ　スタンリー卿も、この長い夜をまだ眠られずいられるのか？
使者　それは申しあげることでもお分り頂けます。が、まずよろしくとのことで。
ヘイスティングズ　それで、何だ？
使者　それで申しあげろといいますのは、主人は今夜、グロスタ公リチャードの紋所である猪が自分の兜《かぶと》を引っぱいだ夢を見ました。それに、申しますには、会議は二つに分れて開かれるが、一方での決議が、もう一方に御出席のあなた様と主人を嘆かせることになるやも知れぬ。そこでお考えを伺うためにわたくしを使いに出しましたわけで――すぐさま御一所に馬を並べて全速力で北の方へ走ろうと――主人の予感しました危険を避けるためでございます。

ヘイスティングズ　行け行け、御主人の許に帰ってこういうのだ。会議が二つに分れても心配されるな。御主人とわたしは同席する。だがもう一方の会議には信頼するケイツビーが出席する。だからわれわれにかかわる問題が出ればすぐ耳にはいるとな。その御心配は薄弱で根拠がない。その夢にしても、落ちつかぬ眠りの中の幻影を信じるほど愚かなお人とは思わなかったとな。猪が追いかける前に逃げるというのは、却《かえ》って猪をそそのかして追いかけさせるようなもの、猪もその気がなかったのに追いかけだすだろう。帰って御主人に、すぐ起きてここへ来られるよう言ってくれ。御一所にロンドン塔へ行きましょう、さすれば猪がわれわれをそれなりに扱うことがお分りでしょうとな。

使者　では帰って、お言葉通りを伝えます。　［退　場

ケイツビー登場。

ケイツビー　お早うございます、ヘイスティングズ卿！

ヘイスティングズ　お早う、ケイツビー、早く起きて来たな。何か、何か起ったのか、このぐらついている国に？
ケイツビー　まったく御時勢、よろめいております。決してちゃんと立ち直りますまいな、グロスタ公リチャードが王国の花輪を戴くまでは。
ヘイスティングズ　なに、花輪を戴く？　王冠のことか？
ケイツビー　はい、さようです。
ヘイスティングズ　この王冠(自分の頭)をこの肩から斬り離して貰いたいな、本ものの王冠がそんな所に無法に置かれるのを見るよりは。
だがグロスタがそれを狙っていると思えるのか？
ケイツビー　それはもう。それも、それを手に入れるためにあなたが先頭に立たれることを願っていられます。そこであなたへ吉報をお伝えせよとのことで。まさに今日《こんにち》、あなたの敵、エリザベス王妃の身内の者がパンフリットで処刑されます。
ヘイスティングズ　確かにそれを聞いても悼む気など起らん、彼らは常にわたしの敵だったからな。だがリチャードの側に立って、亡き御主君エドワード四世王の正統のお世継ぎを王座から退けるようなまねは、神もみそなわせだ、殺されてもわたしはできん。
ケイツビー　その真直ぐなお心が変ることのありませんよう祈ります！

ヘイスティングズ　それにしてもこれから一年は笑えそうだな、わたしを中傷して王の憎しみを買うに至らせた連中の悲劇を生きて眺められるとは。
いいかケイツビー、二週間と経たんうちにわたしは何人かを、本人たちは思いもよらんだろうが、あの世へ送ってやる。
ケイツビー　心構えも予期もしていない時に死ぬというのはいやなことでしょうな。
ヘイスティングズ　それはかなわんよ、かなわんことだ！　が、そのことが降りかかるのだ、リヴァーズに、ヴォーンに、グレイに。しかもまだ何人か、グロスタ公やバッキンガム卿の信任厚いわれわれ同様自分は大丈夫と思っている連中、分るだろう、彼らの上にな。
ケイツビー　両公爵ともあなたを高く買っておいでです。——（傍白）その首をいずれロンドン橋の上に高々と吊すつもりでいられるからな。
ヘイスティングズ　そうだろう、わたしも十分お尽ししたからな。

スタンリー登場。

これはこれは。猪狩りの槍はどうされたな？　猪が怖いのに丸腰で行かれるのか？
スタンリー　お早う、ヘイスティングズ卿。お早うケイツビー。
おからかいは結構だが、正直なところ、会議が二つというのは気に入らん、わたしは。

ヘイスティングズ　スタンリー卿よ、わたしとしてもあなた同様命は惜しい。それどころか、これまでの生涯で今ほど命が大事に思える時はないほどだが、どうですな、われわれの身の安全を知らなければ、わたしがこれほど意気揚々でいられるとお考えか。

スタンリー　パンフリットに送られた諸卿も、ロンドンから馬乗り出した時は陽気でわが身は安全と思いこんでおり、事実身の危険など考える理由はなかったのが、忽《たちま》ち陽は翳《かげ》ってしまった。この突然の憎悪の一撃がわたしは不安なのだ。いらぬ臆病風と言われることになっても本望です。

ああ、ロンドン塔へ行きましょう。おそくなりそうだ。

ヘイスティングズ　よろしい、御一所に。

ところで御存じだろうな？　いま言われた諸卿がきょう首刎《は》ねられることは。

スタンリー　あの方たちは忠誠だった、首を刎ねられることなどなかったのだ。だのにあの方たちを非難したほうが役職にとどまって威張っている。

だが、さあ、行きましょう。

ヘイスティングズ（紋章院属官）登場。

ヘイスティングズ　どうかお先へ、わたしはこの男と話があるので。

どうした、どうだな、調子は？

〔スタンリーとケイツビー退場

属官　もっと元気が出るように祈って頂きたいぐらいで。

ヘイスティングズ　おれはな、この前ここでお前と会った時より元気だぞ。あの時おれは囚人としてロンドン塔へ送られるところだった、お后《きさき》一味の差しがねでな。ところが、いいか――人に言うなよ――あの敵どもはきょう死刑になるのだ。そしておれはこれまでなかったほどの幸運にある。

属官　どうかいつまでも御幸運が続きますように！

ヘイスティングズ　ありがとう。さあ、おれの為に一杯やってくれ。

〔財布を投げてやる

属官　ありがとうございます。

〔退場

神父登場。

神父　これはいい所で。お目にかかれて嬉しうございます。

ヘイスティングズ　これは神父さま、心から感謝していますぞ。先日の説教、大変に結構でした。次の安息日においで頂ければお礼はその時に。

〔神父にささやく

神父　お待ちしております。

バッキンガム登場。

バッキンガム　これは、神父さまとお話しですか、侍従長！　パンフリットのお仲間なら神父さまも必要でしょうが、閣下はまだ懺悔なさることはありますまい。
ヘイスティングズ　その通り。ただこの聖職者にお会いして、いま言われた人々のことが思い出されてな。
　ところであなたもロンドン塔へ行かれるのか？
バッキンガム　さようです。だが長くはいられません。閣下がお帰りの前に引っ返しておりましょう。
ヘイスティングズ　そう、たぶんな。わたしは昼食まで残るつもりだから。
バッキンガム　〔傍白〕夕食までも留め置かれる、とは御存じあるまいがな――
　さあ、参りましょう。
ヘイスティングズ　喜んでお供しよう。　〔一同退場

第三場　パンフリット城

騎士リチャード・ラトクリフ、矛持ち達と登場、リヴァーズ、グレイ、そしてヴォーンの貴族達を刑場へ連行して行く。

リヴァーズ　リチャード・ラトクリフ殿、ひとこと言っておく。きょう貴下は、一人の臣民が忠誠と義務と忠節のゆえに死ぬところを見るのだぞ。

グレイ　神がエドワード皇太子をお前たち一味からお護り下さるよう！　恐るべき吸血鬼だ、お前たちは。

ヴォーン　お前はこのことのために生涯嘆き苦しむことになるぞ。

ラトクリフ　言うならさっさと言え。命の刻限は過ぎているのだ。

リヴァーズ　ああパンフリット、パンフリット！　ああ血に染まった牢獄よ、王侯貴族の忌まわしい破滅の場！　お前の罪深い城壁に囲まれて、リチャード二世は無残に斬り殺された。そしてそのおぞましい悪名をさらに高めるべく、われら、罪なき血を汝に吸わせるのだ。

グレイ　マーガレットの呪いがいまわれらの頭上に降りかかる、その息子をリチャードが刺した時、それを傍観していたヘイスティングズと貴下とわたしをあの女がののしったその呪いが。

リヴァーズ　それからあの女は呪った、リチャードを、そして呪った、バッキンガムを、そして呪った、ヘイスティングズを。ああ神よ、彼らに対する彼女の呪いをも聴き届け給え、われらに対すると同じく！　しかしてわが姉エリザベスと、王子となるべきその息子たちは、神よ、われらの無実の血を以て贖《あがな》い給え、御存じの如く不当に流されるところの。

ラトクリフ　急げ、死刑の時刻は過ぎている。

リヴァーズ　さあグレイ、さあヴォーンも、共に抱《いだ》きあおう。お別れだ、天国でめぐりあう日まで。

［一同退場

第四場　ロンドン塔

バッキンガム、スタンリー、ヘイスティングズ、イーリーの司教、ラトクリフ、ラヴェルその他、登場してテーブルの席につく。

ヘイスティングズ　さて諸卿よ、ここにお集まり頂いたのは、戴冠式についての決定をしたいからだ。ぜひとも発言して頂きたいが——式典はいつがよろしかろう？

バッキンガム　式典の準備はすべて整っているのでしょうな?
スタンリー　もちろん。ただ日取りの決定が。
イーリー　明日が、それならおめでたにいいと思うが。
バッキンガム　その点グロスタ公のお考えは? 公爵に一番親しいのはどなたかな?
イーリー　あなたこそが、公爵のお心を一番御存じだろう。
バッキンガム　お互い顔は知っている。だが心の内となると公爵も、わたしにあなた達のそれが分らぬようにわたしのそれを御存じない。公爵の心はわたしにも分らん、あなたにわたしのそれが分らんように。
　ヘイスティングズ卿、あなたは公爵と親しい仲だろう。
ヘイスティングズ　その点ありがたく思ってはいる。確かに親しくして頂いてはいる。だが戴冠式をどう考えていられるか、打診してみたこともないし、どう思っていられるか洩らされたこともない。だが諸卿、あなた方が日取りを言って下されば、公爵に代ってわたしがそう決めよう。おそらく公爵も快く賛成して下さるでしょう。

　　　グロスタ登場。

イーリー　よいところへ公爵が見えられた。

グロスタ　親愛なる諸卿、お早う。つい寝過してしまったが、わたしがいたら決定を見たかも知れん重要議題を、いないから審議せずというようなことはなかったろうな。
バッキンガム　きっかけよく御登場になりました。実はヘイスティングズ卿が代役として発言されるところでした。つまり戴冠式の日取りについての公爵のお考えをです。
グロスタ　ヘイスティングズ卿より適役はないな。卿はわたしをよく知っているし、愛してくれてもいる。
　イーリー卿、この前ホルボーンのお宅へ行ったとき、庭園で見事な苺を見かけたが、少し取りよせて貰えないかな。
イーリー　それはそれは。もちろん喜んで。　〔退　場
グロスタ　バッキンガムよ、ひとこと話がある。　〔傍へ連れて行く
　ケイツビーが例のことでヘイスティングズに探りを入れてみたら、あの短気な御仁かっとなって、エドワード四世のお忘れ形見が、とうやうやしく呼んだそうだが、イングランドの王位を失われる企てに乗るぐらいなら自分の首が飛んだほうがましだと言ったそうだ。
バッキンガム　ひとまず奥へおはいり下さい、わたくしも参ります。
〔グロスタとバッキンガム退場

スタンリー　栄《は》えある式典の日取りはまだきまっておらんが、明日というのは、わたしの考えでは急過ぎはしないかな。わたしとしても用意ができておらんし、諸氏にしてもそうでしょう。もう少し延ばせないかな。

イーリーの司教、再び登場。

イーリー　グロスタ公はどこかな？　苺の手配をして来たのだが。

ヘイスティングズ　きょうの公爵は御機嫌で穏やかだな。何か気に入った思いつきが浮ばれた時だ、ああいう明るい調子でお早うを言われるのは。クリスト教国多しといえども、あの方ほど愛や憎しみを顔に出す人はいまい。なにしろお顔を見ればすぐお心のうちが分るのだから。

スタンリー　どういうお心のうちを読みとられた、きょうの生き生きしたお顔つきから？

ヘイスティングズ　それは、ここにいる誰にも不快の念を持っておられんということだ。もしそうだったら必ずお顔に現れますからな。

グロスタとバッキンガム、再び登場。

グロスタ　みな聞いてほしい。忌まわしい魔法を仕掛けてこのわたしの死を企み、地獄の呪いでこのからだをこんなに醜くしてしまった者があったら、いかに処分すべきか。

ヘイスティングズ　公爵に対して抱いております敬愛の念から、ここに並みいる諸卿の面前で誰より先にわたくしは、それが何者であろうと死刑に処すべきだと申しあげたい。それこそ死に当ります、公爵。

グロスタ　ではその眼に彼らの悪業《あくごう》の証人になって貰おう。

分るだろう、このからだは魔法にかけられたのだ。この腕を見ろ、枯れ縮んだ若木のようにしなび切っている。これこそ兄エドワード王の妻、あの恐ろしい魔女エリザベスが淫売同然のショア夫人とぐるになって、魔法を使ってわがからだに押した烙印だ。

ヘイスティングズ　もしも彼女たちがこのようなことをしたとあれば、公爵――

グロスタ　もしも？――あの呪うべき娼婦の保護者であるお前が「もしも」だと？　この裏切り者。こいつの首を刎ねろ！　畜生、その首を見るまではおれは食事をせんぞ。ラヴェル、ラトクリフ、任せたぞ。

ほかの、この身に好意を持つ諸子はついて来てくれ。

［ヘイスティングズ、ラヴェル、そしてラトクリフ以外総て退場

ヘイスティングズ　あゝあゝ、イングランドはどうなるのだ！　わが身のことなどどうでもいい。おれはばかだった、このことは防げたはずだったのに。

スタンリーは猪がわれらの兜を引っぱいだ夢を見たという、それをばかにしておれは逃げることを拒否した。

きょう三度まで、おれの飾りたてた馬はつまずいた、そしてロンドン塔を見るや暴れだした。おれを殺戮の場へ送りこむのがいやだったからだ。

ああ、さっきの神父がいま居てくれれば！

あのヘイスティングズの家来に意気揚々と言ったことが今にして悔やまれる。敵どもはパンフリットできょう血みどろに虐殺されるが、おれ自身は恵みと善意に包まれて安泰だなどと。

ああマーガレット、マーガレット、今やお前の重い呪いが、哀れなこのヘイスティングズのみじめな頭に降りかかる。

ラトクリフ　さあさあ急いだり。公爵は夕食をお待ちかねだ。懺悔も短くな。その首を早く見たがっておられる。

ヘイスティングズ　ああ、はかない人間のかりそめの愛顧を天なる神の恩寵よりも追い求めるとは！

他人の空疎な笑顔に希望の夢を描く者は、マストに登った酔いどれ水夫のようなもの、揺れるたびに深海の底へ落ちそうになる。

ラトクリフ　さあさあ行くぞ。嘆いてみせても無駄だ。
ヘイスティングズ　ああ残忍なグロスタ！　みじめなイングランド！
予言する、どんなひどい時代も見たことのない恐ろしい時代が来るぞ。
さあ、断頭台へ連れて行け。この首をあの男へ届けるのだ。
その首を見て笑う者もやがては死ぬのだ。

［一同退場

第五場　ロンドン塔の城壁

グロスタとバッキンガム、ひどく不恰好な錆《さ》びた鎧《よろい》を着て登場。

グロスタ　さてどうだ、お前にできるかな、震えながら顔色を変える、ひとこと言いかけては息を飲む、また言いかけてまたやめる、取り乱して恐怖に狂わんばかりにだ。
バッキンガム　そんな、できますとも、達者な悲劇役者の真似ぐらい。しゃべりながら後ろを見たり、あたりをうかがったり、藁しべ一本動いても震え上がって驚いて大いに疑心暗鬼のふりをする。怖がった顔もお手のものです、作り笑いもね。どちらもいつでも計略とあればすぐにやれます。

ところでケイツビーはどこかへ行きましたか？

グロスタ　うむ。ああ戻って来た、市長を連れて。

市長とケイツビー登場。

バッキンガム　市長さん――

グロスタ　跳ね橋を守れ！

バッキンガム　やあ！　太鼓の音だ。

グロスタ　ケイツビー、城壁を警戒しろ。

バッキンガム　市長さん、あなたをお呼びしたのは――

グロスタ　後ろだ、気をつけろ。敵だぞ。

バッキンガム　神よ、われら罪なきものを守り給え！

ラヴェルとラトクリフ、ヘイスティングズの首を持って登場。

グロスタ　いや、済まん。味方だ――ラトクリフとラヴェルだった。

ラヴェル　これがあの卑劣な裏切り者の首です。危険で、しかもつゆ疑われずにいたヘイスティングズの。

グロスタ　心から愛していた男だった、泣かずにはいられぬ。この世にあってこれほど潔白で善意の男はいないと思っていた。彼はわたしのいわば手帖と思って、心の中の秘密をもおれはそこに書きつけていたのだ。彼はみせかけの美徳で心中の悪意をきれいに塗り消していたので、世間も承知の、つまりショア夫人との密通事件を別とすれば――疑いの目で見られることなど全くない男だったのだ。

バッキンガム　なるほど、これまでにないほど最も巧妙に正体を隠した反逆者だったわけだ。想像できますかな、いや、信じられますかな――神の偉大な御守護がなければ、こうして生きてお話しもできなかったわけだが――この狡猾な反逆者め、きょう会議場の中で、わたしとグロスタ公を殺す計画だったのだ。

市長　あのお人がそんなことを？

グロスタ　なに！　あなたはわれらをトルコ人か人でなしとでもお考えか？　でなければ法律にそむいてまでこうも急いでこの悪党を死に至らせたのを、さし迫った状況ゆえにイングランドの平和とわれらの安全のためやむを得ずしたことでないとでもお考えか？

市長　なるほど、どうか御幸運を！　当然の死ですな。お二人ともよく実行なされました。同様なことを企てる反逆者への警告となりましょう。彼がショア夫人とねんごろになってからは、ろくなことは彼に期待しておりませんでした。

バッキンガム　しかし市長が立ち合いに来られるまでは殺す積りはなかったのだが——今となってはこの二人が寄せてくれる熱意のあまり、ことを急ぎ過ぎてしまったけれども——わたしとしては、謀反人が口を開いて反逆の方法や目的をおずおずとでも白状するのを聞いて頂きたかった。市民らにそのことをよく伝えて頂いて、彼らがわれらを誤解したりこの男の死を嘆いたりしないようにです。

市長　いえ、あなたさまの今のお言葉で、実際に見聞きしたも同じです。お二方ともお疑い下さいますな、わたくし忠実な市民たちに、この件についてのお二方の正しい御処置を総て伝えます。

グロスタ　そのためにここへおいで願ったのだ、とかく何か言いたがる世間の非難を避けるために。

バッキンガム　おいで願っていたのには間に合わなかったが、われわれの意図について聞かれたことは証言して頂きたい。

では市長、お引きとり下さい。　［市長退場

グロスタ　さあ、あとを、あとを追えバッキンガム。市長は大急ぎで市の会議所に行くぞ。その会議の席でここだと思った時に、エドワード王の子供はみな私生児だと言いたてて

やれ。それからエドワードが一市民を殺した話、それもその男が息子を王冠の相続人に

したいと言っただけで——何のことはない、看板に出した屋号が王冠だったからだ。それにエドワードの憎むべき好色ぶり、いや獣慾《じゅうよく》と言ってやれ、次々に女を替えて召使いから生娘から人妻まで、色気違いの眼と猛り狂った心とで見境なしに餌食にしてしまったと声を大にして言ってやれ。いや、必要とあらば話がこの身に触れても構わん。こう言ってやれ、おれの母があの淫乱なエドワードを身ごもったとき、高貴なるわが父上ヨーク公はフランスへ出征しておられた、だから数えてみるまでもなく、兄エドワードはわが父の子ではない。それは兄の顔立ちにもよくあらわれている。父上の気高さと少しも似ていないではないか。ただしここのところは控え目に遠回しに言うのだぞ。なにしろまだ母上が生きておいでなのだからな。

バッキンガム　御心配なく、見事に弁士をつとめて参ります、弁説の謝礼に王冠を頂くかという調子で。では公爵、行って参ります。

グロスタ　うまくいったら、皆をベイナード城に連れて来てくれ。立派な神父や学識ある司教といっしょに待っている。

バッキンガム　行って参ります。三時か四時ごろ、会議所からの情報をお待ち下さい。

グロスタ　おいラヴェル、大急ぎでショー博士の所へ行ってくれ。〔ケイツビーに〕お前はペンカー修道士の所へ。お二人に急いでベイナード城でお会いしたいと伝えてくれ。

さてと、奥で秘密の手段を考えねばならん、クラレンスの餓鬼どもを片づけるための
［グロスタのほか皆退場

な。それと、王子たちには、いかなる人物にもいかなる時にも近づいてはいかんという命令を出さねばならん。
［退　場

第六場　ロンドン　街上

代書人登場。


代書人　これがヘイスティングズ卿さまの起訴状というわけだ。おきまりの書体できれいに清書して来たが、きょうセント・ポールで読みあげられる。

それにしてももうまく筋書き組まれてるもんだな。おれは清書するのに十一時間かかった、ケイツビーから下書きが届いたのがゆうべだからな。あれだってたっぷりそれくらいかかったろう。ところがヘイスティングズ卿、五時間前まではぴんぴんしてござった。告発も尋問もされずに、天下晴れての自由の身。

結構な御時勢よ！　この見えすいた罠に気がつかんほどのばかがいるか？　けど気が

ついたと言って歩くほど大胆なのもいないさ。
悪い世の中、何もかもめちゃくちゃよ、こんな悪も見て見ぬふりしてなきゃならんのよ。　［退　場

第七場　ロンドン　ベイナード城

グロスタとバッキンガム、別々のドアから登場。

グロスタ　おお、どうだった！　市民たちは何と言っている？
バッキンガム　それが、どうもこうも押し黙ったままで、ひとことも発しません。
グロスタ　現在のエドワード王の子供はみな私生児だと言ってやったか？
バッキンガム　言いました、王はレイディ・ルーシーと婚約された一方で、フランス王の妹君とも代理を派遣して婚約されていたことを。また飽くことを知らぬ情慾《じょうよく》からする市民の妻たちへの暴行、些細なことへの極刑、それに御自身の出生もいかがわしい、父君がフランス遠征中のお生れで顔つきも一向に似ておられん。と言う一方でわたくし、あなたのお顔立ちのことを申しました。それにお姿からお心の気高さまで父上に生き写しだ

と。またスコットランドでの数々の御武勲、戦時のお手並や平和な村の名君ぶり、寛大で徳高くしかも謙譲でいられることなど、お気持に副《そ》うことは、総て洩れなく剰《あま》すところなく申しました。そして話が終りに近づいた時わたくしは命じました、このよき国を愛する者は叫べ、「イングランドの正しき王、リチャード王万歳！」

グロスタ　で、叫んだか？

バッキンガム　いいえ、何としたことか、誰もひとことも。口の利けぬ銅像か息をする石ころ、互いに顔を見合わせて真青になるばかりで。それを見てわたくしは彼らをどなりつけて、市長にこのかたくなな沈黙は何のことだと詰問しました。その答えは、市民たちは市の記録係以外の者にこういう話を聞かされたことがないからというわけで。そこで記録係にわたくしの話をくり返させました。「こう公爵は言っていられる、こう公爵は申された」――彼自身の言葉としてです。彼が話し終えると、わたくしの部下が何人かホールの隅で帽子を放りあげて、十人ほどが声を揃えて「リチャード王万歳！」と叫びました。そこでその少数の声をすかさず捕えて――「ありがとう市民諸君、同志諸君」とわたくし、言いました。「この一斉の歓呼と盛んな歓声は諸君の分別とリチャード公への敬愛をあらわしている」。そこで打ち切って戻って参りました。

グロスタ　何だ舌なしの木偶《でく》どもめ！　声を出そうともしなかったか？　すると市長も彼の

仲間も来ないのだな？

バッキンガム　市長はすぐに参ります。心配ありげなふうをなさって、たってのお願いでなければ口をお開きなさいますな。祈禱書をお忘れなく手にされて、二人の神父に挟まれてお立ち下さい。それを基調音としてわたくしがこちらでうまい旋律を奏《かな》でます。こちらのお願いにすぐにはお乗りにならぬよう、女の子のようにいや、いやと言いながら結局お受けになって下さい。

グロスタ　よし分った。おれがいやだと言うたびに、お前は皆を代表して請願する。間違いなくいい結果が出るだろう。

バッキンガム　ではすぐに屋上へ。市長がノックしています。　［グロスタ退場

市長、市の役人たち、及び市民たち登場。

よく来られた、市長。わたしもここでお呼びをお待ちしているのだが、公爵は人と会うのがおいやらしい。

ケイツビー登場。

おおケイツビー、公爵はわたしのお願いに何と言われた？

ケイツビー　あなた様にはどうか明日か明後日にお訪ね下さるようにとのことで。奥で高い位の聖職者お二人と共に心を傾けて敬虔な瞑想に耽っておいでです。聖なるお勤めを世俗の願いごとなどで乱されたくないということです。

バッキンガム　すまぬがケイツビー、公爵のところへ戻ってお伝えしてくれ。このわたしと市長、それに市の役人たちが、国民の安全という重かつ大なる問題について、公爵と少しでいい、お話ししたいと参っておりますとな。

ケイツビー　その通りお伝えいたします。〔退場

バッキンガム　いやいや市長、公爵はエドワード王などとは違うのだ。みだらなベッドにだらしなく寝てなどいるかたではない、ひざまずいて瞑想に耽っておいでなのだ。ひとつがいの娼婦とたわむれてなどいられるのではない、二人の高徳の神父と瞑想しておられるのだ。眠ってからだを肥らせたりはせず、目覚めた魂を更に豊かにするよう祈っておられるのだ。イングランドも幸福になるだろう、この徳高い公爵を王に戴くことになれば。だが、恐らくうんとは言われんだろうな。

市長　とんでもない、いやと言われるようでは困ります！

バッキンガム　いやと言われるだろうな。ああ、ケイツビーが戻って来ました。

ケイツビー再び登場。

おおケイツビー、何と言われた?

ケイツビー それが、あなた様が何のお積りで公爵のところへ大勢の市民たちを集められるのか、いぶかっておいでです。そのことは前以て聞かされておらん、よからぬ意図をあなた様がお持ちではないかとお疑いです。

バッキンガム 残念だな、身内である公爵から、よからぬ意図だなどと疑われるのは。天に誓って、ここに来たのは全き敬愛の念からだ。もう一度戻ってそうお伝えしてくれ。

［ケイツビー退場

敬虔で信仰あつい人が祈りにふけっているとき、そこから引っぱり出すのはなかなか難しい。心を籠めての瞑想はそれほどに美しいのだ。

グロスタ、二人の神父に挟まれて、二階舞台に登場。ケイツビーは戻ってくる。

市長 ああ、公爵が二人の神父に挟まれて立っていられる!

バッキンガム 真のクリスト教徒である公爵を支える二本の柱だ、その徳で公爵を虚栄故の堕落から支えている。しかも見ろ、祈禱書を手に。あれこそ敬虔なお人であるまことの証《あか》しだ。

その名も高いプランタジネット家の中にあって最も徳高いグロスタ公、われらの願いに恵み深いお耳をおかし下さい。また真のクリスト教徒の献身と熱意の時をお妨げしたことをお赦し下さい。

グロスタ　卿よ、そのような謝罪は無用だ。わたしこそ詫びねばならぬ。神への奉仕に熱心なあまり、友人たちの訪問をなおざりにしてしまった。

だが、それはさて措《お》き、願いというのは何だ？

バッキンガム　それこそは天にいます神をも、乱れたこの地にあるよき人々をも喜ばせる願いであります。

グロスタ　どうやらわたしは何かの罪を犯したらしいな、市民たちの眼に好ましからずと映るような。それに気づかずにいるわたしを責めに来られたか？

バッキンガム　そうであります、公爵。そのお気持があるならば、われらの願いに耳傾け、その過ちをお正し下さいますよう。

グロスタ　正さぬわけには行くまい、クリスト教徒である限り。

バッキンガム　さらばお心得下さい、あなたの過ちとは、至高の王位、至上の王座を捨てておられることです。御先祖代々の統治の大権、運命の定めた高い地位や生れながらに授かった権限、連綿と続いた王家の栄誉、それらを抛《なげう》って卑しい血筋に委ねられていることとであります。快く眼を閉じて宗教的瞑想に耽っておられる、そこをこうして国家の為にお目覚め願っているのでありますが、そのあいだにもこの美しい国は手足をもがれ、その顔は汚辱の傷跡で汚され、王家の台木には卑しい接穂《つぎほ》が接《つ》がれ、暗く深い忘却の淵に投げこまれようとしております。

それを癒すべく、われら心からお願いいたします、あなた様御自身、あなたのものであるこの国を王として統治されんことを——摂政、執事、代理、他人の利益のための下働きなどではなく、正しい継承の順位に従い、血から血へつながる生れながらの権利、統治領、すべてを受け継がれることを。

このことの為に、あなたを心から尊敬し敬愛する市民たちと相謀り、その激しい熱意に押されてわたくし、この大義の故にあなたのお心を動かそうとここへ参りました。

グロスタ　わたしはきめかねる、このまま黙って去るべきか、または激しく叱責すべきか、いずれがわが身分と諸子の立場とにふさわしいだろう。

黙っておれば諸子は思うに違いない、それは沈黙の野心だと。諸子が愚かにもわたしに負わせようとする黄金の輪、その軛《くびき》を答えもせぬまま受けることを認めたのだと。

かと言って、この願い、諸子の忠誠な愛に溢れたこの願い故に諸子を叱責するならば、今度は逆にわたしは友人を叱りつけたことになる。

だからして――語ることによって前者を避け、また語ることによって後者をもよけるために――はっきりとわたしはこう答えよう。

諸子の好意にはわたしは十分感謝する、だが何一つ取柄のないわが身が皆の高い要望を受けつけぬのだ。

第一に、あらゆる障碍物《しょうがいぶつ》が取り除かれてすべてに思いのまま、生得のものの如く王冠への道が平らかであったにせよ、わが魂はあまりに貧しく、欠点はあまりに大きくまた多い。故にわたしは偉大な地位からは身を隠していたい――荒海には耐え得ない小船なのだ――偉大さの衣《ころも》に包まれて我を見失い、栄光の靄《もや》に息詰まるよりは。

しかし幸いにして、わたしが出る必要はなさそうだ――必要があったとしても、それにはわが身を超える能力が必要だ。

王家の大樹は王家にふさわしい果実を残してくれる。それはひそかに過ぎ行く時と共に熟し、王の座を飾るものとなって、その統治によりわれわれを仕合せにしてくれることと疑いなしだ。その人の頭《こうべ》にわたしは、諸子がわたしに捧げようとしてくれたものを捧げたい。――それこそ彼の幸運の星が彼に与えた権利と運勢だ、わたしが奪うなど、神も決して許されまい。

バッキンガム　公爵よ、そのお言葉こそあなた様の中にある良心の証しであります。しかしそれらの御配慮は、総ての情況を十分に考えてみますと些末末梢のことでありましょう。あなたは王子エドワードを兄上の御子息だと言われる。それはそうだが兄上のお后《きさき》の御子息ではありますまい。なぜなら、兄上は最初レイディ・ルーシーと婚約され——この婚約のことはあなたの母上が生き証人であられましょう——しかもそのあと代理を遣わして、フランス王の妹君ボーナと婚約されました。この二つの件はさて措くとしても、次にあの哀れげな物乞い女、多くの子供を抱えて心狂った母親、色香も失せかけて打ちしおれた未亡人、盛りももはや昼下りのその女が、高価な戦利品の如くあなたの兄上エドワード四世王の淫らな眼をとらえて、王を至高の高みから忌まわしい重婚の罪へと引きずり下ろしてしまった。その兄上が道ならぬ寝床でその女に生ませたのが、儀礼上われわれが王子と呼ぶあの若いエドワードではありませんか。

もっと激しくあばきたてることがわたくしはできますが、それでは生きている方々を傷つけることになります。これ以上申し上げることは慎みましょう。

されば公爵よ、どうかその尊い御身《おんみ》に、さし出されたこの王位をお受け下さい。たとえわれら国民とこの国土を幸福ならしめることなしとしても、御自身の高貴なる血統をこの汚れた世の腐敗から救い、由緒正しい道筋へ引き戻される為にこそ。

市長　お願いします公爵。市民らも懇願しております。

バッキンガム　一同の捧げます敬愛の思いを、公爵、否とは申されぬよう。

ケイツビー　おお、どうか皆を喜ばせて下さい、一同の正当な願いをお受け下さい！

グロスタ　ああ、なぜそのような心労をこの身に押しつけようとするのだ？

　わたしは王たるの威厳や地位にはふさわぬ男だ。どうか悪く取らないでほしい、皆の願いに屈することはできぬしその気もないのだ。

バッキンガム　もし拒絶されるとなると――それは兄上の御子息に対する深い愛情から、その廃位に強く御反対でしょう。われわれもあなたの心根のおやさしさ、おだやかさ、にじみ出てくるような憐れみのお心、それらをお身内だけでなく、あらゆる身分の者に分たれることは見ております――が、この願いを受け入れられようとられまいと、お兄上、エドワード王の御子息を王に戴こうとは思いません。他のどなたかに王位に即いて頂きます。それが御家門の不名誉または断絶となりましょうとも。そう決定して失礼します。

　引き揚げよう市民諸君。構うな、もうお願いはやめだ。

グロスタ　ああ、そうきめこむな、バッキンガム卿。［バッキンガム、市長及び市民たち退場

ケイツビー　呼び戻して下さい公爵、願いを容れてやって下さい。お断りになれば国中の

嘆きです。

グロスタ　山なす苦労をこの身に負わせようというのか？　呼び戻してこい。わたしだとて木石ではない、皆の心からの願いはわが胸を貫いた。わが良心、わが魂にそむく願いではあるが。

バッキンガムその他、再び登場。

わがバッキンガム、賢明誠実な市民諸君、この背に運命の重荷を負えとあるならば、望むと否とにかかわらず、その重荷にわたしは耐えて行かずばなるまい。しかしもし黒い噂や悪意の中傷がそれに伴うことがあれば、その総ての汚点やしみはただ諸君に押しつけられたことの結果だとして、きれいに拭い去って貰いたい。これがいかにわが望むところと反するか、神は知り給い、諸君もどれほどかは察しられるであろうが。

市長　神よ祝福したまえ！　おっしゃることは分ります、また皆に伝えます。

グロスタ　そう言うなら、ただ真実だけを言ってほしい。

バッキンガム　では王者としての称号で御挨拶申しあげます。――

リチャード王、イングランド国王万歳！

全員　万歳！

バッキンガム　明日《あす》、王冠をお受けになりますか？
グロスタ　そちらがいいと言う時に。そちらがそうしたいと言うのなら。
バッキンガム　明日《あす》、では御前にまかり出ます。今は喜びに満ちておいとまいたします。
グロスタ　〔神父たちへ〕さあ、また神へのお勤めです。ではまた、バッキンガム公。また会おう、市民諸君。
〔全員退場

第四幕

第一場　ロンドン塔の前

一方から王妃エリザベス、ヨーク公夫人、そしてドーセット侯登場。他方からグロスタ公夫人アンが故クラレンス公の幼い娘マーガレット・プランタジネットを連れて登場。

ヨーク公夫人　あれは誰だね？　孫のプランタジネットか、親切なグロスタ叔母さんに手を引かれて。ふうん、確かにロンドン塔へ行くところだ、やさしい心根、あの小さい王子たちへ挨拶をしに。
　いいところで会いましたね、アン。

アン　お二方とも御機嫌うるわしく、何よりでございます！

王妃エリザベス　あなたこそお元気で！　どちらへ？

アン　このロンドン塔でございます。お二方ともきっと思いは同じでいらっしゃいましょうが、おやさしい王子たちへ御挨拶しますために。
王妃エリザベス　それはどうもありがとう。では御一所に。

ブラッケンベリ登場。

ああちょうど代官が見えました。
代官さま、どうでしょう、王子も下の子のヨークも元気でいますか？
ブラッケンベリ　お元気でおられます。ただ申し訳ありませんが、お会わせするわけには参りません。王の御厳命で禁じられております。
王妃エリザベス　王！　誰です、それは？
ブラッケンベリ　摂政であられたグロスタ公であります。
王妃エリザベス　摂政であられた？　その人が王だって！　そして二人の子とわたしとの愛情を裂こうだって？　わたしは二人の母です、誰がそのあいだを裂けるというの？
ヨーク公夫人　わたしは二人の父親の母です。二人に会います。
アン　二人のわたしは叔母です、義理の。でも愛情は母親と同じ。だから会わせて下さい。あなたへの非難はわたしが負います、どんなことがあってもわたしがあなたの責任を引き受けます。

ブラッケンベリ　いいえ、だめであります。そうは参りません。わたくしは誓約させられておりますす、どうかお許し下さい。〔退場

スタンリー卿登場。

スタンリー　一時間もすればまたお会いすることになりましょうが、その時はヨーク公の奥方には、お二人の母上、二人の美しいお后《きさき》を見届けられるお方として御挨拶いたします。〔アンへ〕さあ姫君、すぐにウェストミンスタ宮へ。リチャード王の王妃として王冠を戴かれるために。

王妃エリザベス　ああこのレースを引きちぎって、心臓が締めつけられて動かなくなる。でないとこの恐ろしい知らせで気が遠くなる。

アン　何てむごい知らせ！　ああ聞きたくもない！

ドーセット　しっかりなさって母上。どうされました？

王妃エリザベス　ああドーセット、わたしなぞいいからお逃げ！　死と破滅がもうそこまで来ている。お前の母の名が子供たちの禍いのもとなのだよ。死を免れたいなら海を渡ってリッチモンドの所に身をお寄せ、地獄からは逃げることができる。さあ急いで、急い

であの殺戮の塔からお逃げ。お前が自分から死人の数をふやすことはない。わたしはマーガレットの呪い通りに死んで行く、母でも妻でもイングランドの正しい王妃でもないものとして。

スタンリー　ただいまのお言葉、よくお気づきになりました。できる限りお急ぎ下さい。わが義理の息子リッチモンドへは手紙をしたためて途中までお迎えに出させます。手間取って捕まりでもされたら大変です。

ヨーク公夫人　ああ災いを播き散らすこの風！　ああ呪われたわたしのおなかは死を生み出す寝床だ！　一目で人を射殺すというあの怪獣同様のグロスタもここから生れたのだ。

スタンリー　（アンへ）さあまいりましょう。何より大急ぎでとの御命令でした。

アン　では行きましょう、進もうともしない足を引きずって。

ああ、この額を締めつけるだろう黄金の冠が、この脳髄まで焼けただらす灼熱の鉄の輪であって欲しい！　注がれる香油がどうか猛毒だったら。皆が王妃万歳と叫ぶ間もなく死ねるように！

王妃エリザベス　さあさあ、いらっしゃい。栄光なんぞわたしは羨ましくない。わたしを慰めようとして自分を呪ってみせたりしなくていい。

アン　しなくていい？　なぜです？

今はわたしの夫であるグロスタが、ヘンリ六世の柩につき添っていたわたしのそばに来たとき彼の手は、天使のようなわたしの前の夫、皇太子エドワードと、わたしが泣きながら今つき添っている聖なるヘンリ六世王とを殺した血でまだ濡れていました。――ああ、そのときグロスタの顔を見てわたしはこう願ったのです、いいえ言ってやったのです。「呪われるがいい、こんなにも若いわたしを、こんなにも年老いたやもめにしてしまって。結婚したら、悲しみがそのベッドにまつわりつくがいい。お前の妻は、妻になるほどの気違いがいればだが、生きているお前にうんとみじめにされるがいい、愛する夫をお前に殺されてみじめになったわたし以上に」。

　ところが、ああ、この呪いをもう一度くり返す前に、そんな短いあいだに、何てばかなんだろう、わたしの女心は蜜のような彼の言葉にからめとられて、わが呪いをわが身に浴びることになったのです。それからは、この眼を安らかに閉じたことはありません。彼のベッドで黄金の露の眠りを楽しんだことなど、一時《ひととき》だってありませんもの。彼のうなされる恐ろしい声に起されてばかりいるのです。その上彼は、ウォリックの娘だというのでわたしを憎んでいます。きっともうすぐわたしを殺すでしょう。

王妃エリザベス　かわいそうな人、さようなら！　あなたの嘆きにわたしの心も痛みます。

アン　それよりもっとあなたがお気の毒でなりません。

ドーセット　失礼します。嘆きのうちに栄光を迎えられるかた！

アン　さようなら、かわいそうに、栄光の座を去られるかた！

ヨーク公夫人　〔ドーセットへ〕お前はリッチモンドのところへお行き、くれぐれも不仕合せなことにならないよう！

〔アンへ〕あなたはグロスタのところへ。天使のお守りを祈ります！

〔王妃エリザベスへ〕あなたは聖域へ。どうか心安まれますよう！

そしてわたしは墓場へ。そこで平安と休息に恵まれますように！

八十何年、わたしは悲しみだけを見続けて来た。ひとときの楽しみも忽ち長い悲しみに打ち消されて。

王妃エリザベス　待って。もう一度いっしょにあの塔を御覧になって。

哀れんでやっておくれ、古い石たちよ、悪意によってお前の壁の中に閉じこめられた幼い子供たちを。あのあどけない可愛い子たちには硬過ぎる揺り籠なのだ。幼い王子たちにとって手荒いみじめな乳母、年長《た》けて不機嫌なお友達、でもわたしの子供たちにはやさしくしておくれ。愚かな悲しみが、塔の石たちよ、こうして別れを告げます。

〔一同退場

第二場　ロンドン　宮廷

らっぱの吹鳴。
リチャード(グロスタ)、盛装した王として登場。あとからバッキンガム、ケイツビー、ラトクリフ、ラヴェル、小姓、その他。

王リチャード　一同脇へさがれ。
バッキンガムよ。
バッキンガム　何でございましょう、王よ。
王リチャード　手を貸してくれ。　〔王座に登る。吹鳴
この高みに、お前の助言と助力によって、王リチャードは座を占めるぞ。
したがこの栄光を身につけているのは一日限りか、または永く続くと喜んでよいものなのか?
バッキンガム　永く続きます、それも永遠に続きますよう!
王リチャード　バッキンガムよ、ならばこの身が試金石になろう、お前が真に純金であるか否かを見るために。

王子エドワードは生きている――何を言おうとしているか分るな?
バッキンガム　お続け下さい、王よ。
王リチャード　なぜだバッキンガム、おれは王になりたいと言っているのだ。
バッキンガム　なぜでございます、既に王ではいられませんか、それも立派な。
王リチャード　あっは! おれが王か? それはそうだ。だがエドワードは生きている。
バッキンガム　それは――立派な王子として。
王リチャード　つらいところだな、その返事は。エドワードは生き続けるだろう――まさに立派な王子として!
お前はいつもそう鈍くはなかったはずだがな。
はっきり言おうか? あの私生児兄弟に死んで貰いたいのだ、おれは。それも手早くやってほしい。
さあ、返事はどうだ? 手早く言え、簡潔にな。
バッキンガム　王のお好きなようになされば。
王リチャード　〔舌打ちして〕お前、氷になったな。おれに対する愛情も氷りついたな。言ってみろ、二人を殺すことに賛成か?
バッキンガム　息つく間《ま》を、暫くの時を王よ、こちらからはっきりと意見を申しあげますまで。

今すぐお返事いたします。　〔退場

ケイツビー　〔脇にいる者へ〕王は怒っておられる。見ろ、唇を噛んでおられる。

王リチャード　これからの話し相手は石頭の馬鹿どもか〔王座を下りる〕無分別な小僧どもにきめたぞ。思慮ありげな眼付きで顔色を窺う奴らはいらん。野心家のバッキンガムめ、用心深くなりおった。

小僧！

小姓　はあ？

王リチャード　不正な金で動かせる奴を知らんかな、ひそかな殺人計画をやるための？

小姓　高慢であるのに、金がないというので不満を抱いている男を一人知っております。金を見せれば二十人で説き伏せるぐらい利き目があって、きっと何でもやってのけます。

王リチャード　そやつの名前は？

小姓　名前はティレルでございます。

王リチャード　それならちょっと知っている。行って呼んでこい。　〔小姓退場

遠謀深慮で知恵の回るバッキンガムめ、もう心を打ちあける仲ではなくなったな。永いあいだ疲れもせずにおれと歩いて来てくれたが、ここらで一息入れたいというのか？

それもよかろう。

スタンリー登場。

おおスタンリー卿！　何の知らせだ？

スタンリー　王よ、聞くところによるとドーセット卿がリッチモンドのおります所へ逃亡しました。

［離れて立つ

王リチャード　ちょっと来い、ケイツビー。噂を播き散らしてくれ、おれの后《きさき》のアンが大変な重病だと。おれが手配して彼女は幽閉しておく。誰か生れも良くなくて貧乏な男を探してくれ、そいつをすぐクラレンスの娘と結婚させて——兄貴のほうは馬鹿だから心配はいらん。おい、何をぼんやりしている！　もう一度言うぞ、おれの王妃のアンが病気で死にそうだと言いふらしてこい。すぐにだ。いま大事なことは、将来おれの破滅になりそうな芽をつみ取ることだ。

［ケイツビー退場

おれは兄貴の娘と結婚せねばならん。さもないとわが王国はもろいガラスの上同然だ。王子たちを殺す、そうしておいてその姉と結婚する！　綱渡りだな！

だがこれだけ血の中に踏み込んだ以上、罪が罪を呼ぶがままだ。哀れみの涙など、この眼は知ってはおらん。

小姓、ティレルと共に再び登場。

お前だな、ティレルというのは?

ティレル　ジェイムズ・ティレルです。御命令は何でも従います。
王リチャード　確かだな?
ティレル　どうかお試しを。
王リチャード　おれの友達を一人殺してみる気があるか?
ティレル　お望みなら。ただどうせなら仇《かたき》を二つと来たほうが。
王リチャード　ふん、うまく言い当てたな。二人いるのだ、憎い仇が。おれに休息を与えず安眠をかき乱す奴だ。お前にやって貰いたいのはそれだよ。ティレル、分るな、ロンドン塔にいる二人の私生児だ。
ティレル　二人のところへ通れるようにさえして下されば。すればすぐに御心配のもとを消しましょう。
王リチャード　甘い歌を聞かせてくれるな。おい、ここへ来い、ティレル。この札《ふだ》を持って

行けばいい。立って耳を貸せ。　［ささやく

これだけだ。済んだら言いにこい。かわいがってやるぞ、昇進もさせてやる。

ティレル　すぐやっつけて参ります。　［退場

バッキンガム再び登場。

バッキンガム　王よ、十分考えて参りました、さきほどお尋ねの件。

王リチャード　ああ、それはもういい。ドーセットがリッチモンドの所へ逃げたぞ。

バッキンガム　聞きました、その知らせ。

王リチャード　スタンリー、彼はお前の奥方の子だ。いいか、気をつけろよ。

バッキンガム　王よ、わたくしのものとしてあなたの名誉と信義にかけて約束されたわたくしへの賜りもの、頂戴したいと思います。ヘリフォードの伯爵領と動産をわたくしのものにしてやると約束されましたが。

王リチャード　スタンリー、奥方にも気をつけろ。もし彼女がリッチモンドに手紙でも送れば、お前に責任をとって貰うぞ。

バッキンガム　どうお答え下さいますか王よ、わたくしの正当なお願いに。

王リチャード　思いだしたが、ヘンリ六世が予言したな、リッチモンドは王になるだろうと。

リッチモンドがまだほんの小僧っ子であった頃にだ。
王に！――ひょっとしたら王に――

王リチャード　なぜあの予言者はあの時おれに言えなかった、おれがそばに居たのに？　おれがあの男を殺すだろうと。

バッキンガム　王よ――

王リチャード　リッチモンド！

バッキンガム　王よ、あの伯爵領のお約束は――

王リチャード　この前エクセタへ行った時、市長がわざわざ城へ案内してくれたが、城の名がルージュモントと聞いておれはぎくりとしたな。アイルランドの放浪詩人がいつか、リッチモンドを眼にしたら長生きはできんと言ったことがあったので。

バッキンガム　王よ――

王リチャード　うむ？　何時だ？

バッキンガム　このようにわたくし、大胆に思いだして頂こうとしております、お約束下さった一件を。

王リチャード　ふむ。だが何時だ？

バッキンガム　十時を打とうとしております。

王リチャード　では打たせておけ。

バッキンガム　打たせておけとは？

王リチャード　お前が機械人形のように鐘を打ち続けて、お前のその願いでおれの瞑想をぶち切るからだ。おれは願いを聞いてやる気分ではない、今日は。

バッキンガム　ではいずれお聞き下さるかどうか――

王リチャード　ええい、うるさい。おれはそんな気分ではないのだ。

［バッキンガムのほか皆退場

バッキンガム　そういうわけか？　真実尽したことへの謝礼がこの侮辱か？　王にしてやった返礼がこれか？

ああ、ヘイスティングズのことがいい手本だ。戻ろう、わがブレックノック城へ。この首がまだつながっているうちに！

［退　場

第三場　ロンドン　宮廷

ティレル登場。

ティレル　むごい血だらけ仕事もやっと済んだ。これまでにこのイングランドで犯された哀れな虐殺の中でも最大級だな。ダイトンとフォレスト、二人を銜《くわ》えこんでこの残酷な殺しの一幕をやらせたわけだが、殺しにゃ馴れてて血に飢えた犬みてえな野郎どもだのに、可哀そがって哀れみ心起しやがって、あのひでえ人殺しの物語の中の子供みてえに泣いてやがった。

「ほら、こうやって」とダイトンが言いやがった、「かわいい二人の赤んぼが寝てた」――「こう、こういうふうに」とフォレストが言ったっけ、「真白なかわいい腕をからめあわせて。二人の唇は一本の茎に咲く四つの赤い薔薇、それが美しい夏の光の中で口づけし合ってた。枕許には一冊の祈禱書、それを見て」とフォレストは言ったな、「おれは気持がぐらつきかけた。しかし、ええい、畜生」――で、野郎黙っちまった。そこでダイトンが続けたわけだ。「おれ達ァ絞め殺した、この世にものというものが作られてこのかた、自然の生んだ最高の傑作をな」。

ここまで来ると野郎ども、良心と悔恨という奴で動けなくなって、口が利けなくなっちまった。そこで奴らを置いたまんま、おれはこの知らせをあのむごい王様ッとこへ持ってくとこだが――

王リチャード登場。

あら、おいでなすった。
おめでとうございます、大王様!

王リチャード ああティレルよ、喜んでいい知らせだな?

ティレル 御命令通りにやっつけたことを喜んで頂けるならお喜び下さい、やっつけましたから。

王リチャード だが死ぬまで見届けたな?

ティレル 見届けました。

王リチャード 埋葬もしたろうな、ティレルよ?

ティレル ロンドン塔の教戒師が埋葬しました。場所はどこだか、実のところ知りませんですが。

王リチャード ではティレルよ、夕食のあとすぐ来てくれ、殺した時の模様を聞こう。それまでに何が欲しいか考えておけ、欲しいものをくれてやろう。
ではあとでな。

ティレル では下がっております。 ［退場

王リチャード　クラレンスの息子は閉じこめておいた。娘のほうは身分の低い男と結婚させた。兄貴のエドワード王の息子は二人とも天国でお睡りだし、わが奥さんのアンはこの世におさらばさせてやった。
ところがだ、ブルターニュにいるリッチモンドが、わが兄エドワード四世の幼い娘エリザベスを狙っていて、その縁で図々しくも王冠を手に入れようともくろんでいる。おれがあの娘の所へ出向いてやろう、陽気でお旺《さか》んな求婚者としてな。

ラトクリフ登場。

ラトクリフ　王よ！
王リチャード　いい悪い、どっちの知らせだ、いきなり来おって。
ラトクリフ　悪い知らせであります、王よ。モートンがリッチモンドの所へ逃げました。バッキンガムが強力なウェイルズ人の支援を得て戦闘態勢にはいり、その兵力は刻々殖《ふ》えております。
王リチャード　イーリー司教とリッチモンドの合流は、バッキンガムの慌ててかき集めた勢力より重大だぞ。
よし、びくつきながらあれこれ論じるのは、重い足に鉛をつけて事を遅らすと同じだ。

遅ればみじめに崩れたつ破滅あるのみ。この上は電光石火、わが翼よ、ジュピターの使い神よ、この王の伝令となれ!
さあ兵を集めろ。この楯にもの言わせてやる。反乱軍は既に出陣しているのだ、急げ。

〔退場

第四場　ロンドン　宮殿の前

ヘンリ六世の未亡人、王妃マーガレット登場。

王妃マーガレット　かくて今や、さしもの栄華も熟し始め、腐った死の淵へ落ちようとしている。ここに、このあたりにひっそりとわが身をひそめていたのも、わが仇《かたき》の凋落を見据えようため。が、その恐ろしい序幕はしかと見届けたゆえ、わたしはフランスへ。結びは一層の苦い暗い悲劇になることを願いながら。
引き退がるがよかろう、みじめなマーガレットよ。
誰だ、やって来るのは?

〔奥へ退く

王妃エリザベスとヨーク公夫人登場。

王妃エリザベス　ああ哀れな王子たち！　いたいけなわが子たちよ！　蕾のままの、今ほころびようとしていた二輪の花！　そのやさしい魂がまだ永遠の死に閉じこめられず中空に浮んでいるなら、軽やかな羽でわがまわりを飛んで、この母の嘆きを聞いておくれ。

王妃マーガレット　（傍白）まわりを飛んでおやり、そして言っておやり、お前たちのまだ幼い朝の色を年老いた夜の闇に変えてしまったのも正義の裁きなのだと。

ヨーク公夫人　うち続く嘆きにわたしの喉は嗄《か》れてしまって、悲しみに疲れたこの舌は強張《こわば》って動こうともしない。
　プランタジネット家の世継ぎエドワード、エドワード五世よ、お前はどうして死んでしまったの？

王妃マーガレット　（傍白）お前のプランタジネットの死はわたしのプランタジネットの死の報い、お前のエドワードの死はわたしのエドワードの死の償い。

王妃エリザベス　ああ神よ、あのやさしい小羊たちをなぜ見捨てて狼の餌食にしておしまいになった？　あんな非道がやられている時にあなたがお眠りになっていらしたことがありましたか？

王妃マーガレット　〔傍白〕わが夫のヘンリ六世と愛する子供エドワードが死んだ時にも。
ヨーク公夫人　わたしは生きているしかばね、眼が見えるめくら、生きながらのみじめな亡霊、惨劇の舞台面、グロスタを生んだ恥さらし、墓にはいるはずがまだ生かされている、長々しいつらい日々を身内に籠めて。
休ませよう、休まることのなかったこの身をこのわがイングランドの土に、〔坐る〕二人の罪なき幼な子の血を不当にも吸わされたこの土の上に。
王妃エリザベス　ああその土よ、わたしには墓場をおくれ、あの陰鬱な王妃の座を与えるほどなら！　そうしたらこうして骨休めしたりなどせず、そこにわたしの骨を埋める。ああ、わたしほど嘆きの種を持つ者がいるだろうか？　〔ヨーク公夫人の脇に坐る
王妃マーガレット　〔進み出る〕古い嘆きこそ大事だというなら、わたしのそれは幸い誰のよりも古い、悲しみに引き攣《つ》ったこの顔を上座《かみざ》に据えさせて貰いますよ。悲しみにもお仲間入りというものがあるのだったら、〔並んで坐る〕わたしのと較べながら、もう一度自分の嘆きを算《かぞ》えあげてごらん。
わたしには息子エドワードがいた、リチャードという男に殺されるまでは。
わたしには夫ヘンリ六世がいた、リチャードという男に殺されるまでは。
お前には息子エドワード五世がいた、リチャードという男に殺されるまでは。

お前にはその弟のリチャードがいた、リチャードという男に殺されるまでは。

ヨーク公夫人　わたしにも夫リチャードがいた、そしてあなたに殺された。

息子のラトランドもいた、そしてあなたの手助けで殺された。

王妃マーガレット　お前には息子クラレンスもいた、そして弟のリチャードに殺された。

お前の子宮は猟犬小屋だ、地獄の犬が這い出して来てわたし達をみな死へと狩りたてる。眼が開《あ》く前に歯が生えて小羊たちを食いちぎり、罪もないその血をすすり尽すあの犬、神の作り給うたものを非道にも殺すもの、この世に初めての極悪人、人々の泣きはらして痛む眼を見て喜んでいる、その男をお前は生み落してわたし達を墓場へと追い立てるのだ。

ああ公正高潔にして正義を司り給う神よ、何と感謝申しあげるべきか、この人喰い犬は母親の腹から生れたものを餌食にして、その母親を仲間と共に嘆かせて下さる！

ヨーク公夫人　ああヘンリ六世のお后《きさき》よ、わたしの嘆きを見て勝ち誇った顔をなさる！　わたしはあなたの不幸に心からの涙を流したのに。

王妃マーガレット　我慢しておくれ、わたしは復讐に飢えている、そして今、十分にそれを眺めて楽しんでいるのだから。

お前のエドワード、彼は死んだ、わたしのエドワードを刺したあの男は。

もう一人のエドワードも死んだ、わたしのエドワードの償いに。幼いヨークはおまけに過ぎない、二人合わせてもわたしの失ったすばらしいあの宝には及ばないのだから。

お前のクラレンスは死んだ、わたしのエドワードを刺したあの男は。そしてこの狂おしい劇の見物ども、自堕落なヘイスティングズ、それにリヴァーズ、ヴォーン、グレイ、みな時ならず絞め殺されて暗い墓穴にはいった。リチャードだけが生きている、地獄からのどす黒い回し者、人の魂を買ってはそこへ送りこむ手先。だがもうすぐだ、もうすぐだ、あの男の哀れなそして誰にも哀れまれない死は。大地は口を開き、地獄は燃えさかり、悪魔はわめいて聖者は祈り、あの男が今にも転落するのを待っている。あの男に命の支払いを命じたまえ、神よ、わたしが生きているあいだに「犬めが死んだ」と言えますように。

王妃エリザベス　ああ、あなたは予言なさった、その時がいつか来るだろうと。あのふくれた大蜘蛛、醜いせむしの蟾蜍《ひきがえる》を一所に呪って下さいとわたしがお願いする時が。

王妃マーガレット　その時わたしは言った、お前はわが坐るべき座の空しい飾りだと。またわたしは言った、哀れな影法師、絵に描《か》かれた王妃、昔のわたしのただの写し絵、恐ろしい芝居の甘い前口上、投げおろすために高く高く持ち上げられた女、二人のいい子を持ったばかりに泣いた母親、自分はこうだと夢見ただけの女、危険な矢弾《やだま》の的になるだけの派手な旗印、空しい権威、吐息、水の泡、その場を埋めるだけの道化の女王。

どこにいる、今お前の夫は？　どこにいる、兄弟たちは？　どこにいる、二人の子供は？　どこにある、お前の楽しみは？　誰がお前に哀願し、ひざまずき、「王妃万歳」と叫ぶ？　どこにいる、頭を下げてお世辞を述べたてた貴族たちは？　どこにいる、ぞろぞろとついて来ていた御連中は？

数えあげてごらん、そして今の自分を見るがいい。

むかし倖せだった妻が今は悲酸極まるやもめ。

むかし楽しかった母親が今は母であることを嘆く女。

むかし哀願された身が今はみじめに哀願する女。

むかし王妃であった身が今は頭《かしら》に心労を頂くみじめな女。

かつてわたしをあざけった女が今はわたしにあざけられる女。

かつて万人に恐れられていた女が今は一人の人を恐れる女。

かつて全員を命令していた女が今は一人の従者も持たない女。

こうして運命の女神の操る車輪はひとめぐり、お前は時の餌食となって老いて死ぬのみ、昔の自分の思い出しか持たぬその身には、今の自分であることがそれだけ辛《つら》かろう。

お前はわたしの地位を奪いとった、わたしの悲しみもそっくり奪わずに済ませる気か？　今お前の誇らかな首に、わたしの重い軛《くびき》の半ばが掛けられた、わたしは今即刻疲れたこの頸《くび》からそれを外して重荷の一切をそちらに預けよう。

さらばだ、ヨークの奥方、悲運の女王よ。イングランドの数々の不幸は、フランスでのわたしをさぞ楽しませてくれるだろうよ。

王妃エリザベス　ああ、呪いに巧みなあなた、待って、わたしの敵をどう呪えばいいか教えて下さい！

王妃マーガレット　夜《よる》は眠りをこらえ、昼は食事を断つことだ。死に去った幸福をいま生きている不幸と較べることだ。死んだ子供たちを本物よりかわいかったと思い、それを殺した男を本物より忌まわしい奴だと思うことよ。失ったものをより良かったと思いだせば、失わせた悪人はそれだけ悪く思える。こう考えれば呪いかたも分ってくる。

王妃エリザベス　わたしの言葉は生ぬるい。ああ、あなたの力で気力を与えて！

王妃マーガレット　お前の悲しみが研ぎすましてくれる、わたしのように鋭くしてくれるよ。

［退　場

ヨーク公夫人　どうして不幸は口数を多くするのだろう？

王妃エリザベス　言葉とは依頼者の嘆きに応じて舌をそよがすだけの代弁人、遺言書なしの、喜びも空しい相続人、惨めさをただ叫んでいる哀れな弁士、みんな勝手にさせたらいいでしょう。しゃべったところでなんにもならないけれど、でも気持だけは楽になる。

ヨーク公夫人　ならば黙っていることはない。ついておいで、ひどい言葉を吐きかけて、あなたのかわいい二人の子の息の根をとめた憎いわが子の息の根をとめてやろう。らっぱが鳴っている。存分にわめいておやり。

王リチャードと一隊の兵士たち、太鼓手たち、らっぱ手たち登場。

王リチャード　何者だ、進軍するおれの邪魔をするのは？

ヨーク公夫人　ああ、お前の邪魔をしてやれたはずの女だ、この呪われた胎《はら》の中でお前を絞め殺しておいたら、お前のすべての虐殺も、畜生め、日の目を見せずに済んだはずのな！

王妃エリザベス　その額を黄金の冠で隠しておいでだが、もし正義が正義として通るものなら、そこには烙印が押されているはず、その王冠を戴くべき王子を殺し、わたしのかわいそうな子供たちと兄弟たちを恐ろしい死に追いやった者という烙印が。

言ってごらん、悪党め、わたしの子供たちはどこにいる？

ヨーク公夫人　この蟾蜍《ひきがえる》、蟾蜍め、お前の兄のクラレンスはどこにいる？

その子供、かわいいエドワード・プランタジネットはどこにいる?
王妃エリザベス　あの穏やかなリヴァーズは、ヴォーンは、グレイは?
ヨーク公夫人　親切なヘイスティングズはどこにいる?
王リチャード　らっぱだらっぱだ! 太鼓を叩け! このおしゃべり女どもが聖なるこの王に文句をつけるのを天に聞かせることはない。鳴らせというに! 〔らっぱと太鼓〕落ちついてちゃんとお願いするのならよし、さもなくばいくら騒いでもこの軍鼓の響きでそのわめき声、押し消してしまいますぞ。
ヨーク公夫人　それでも息子のつもりか?
王リチャード　そうですとも、神のお蔭で父上とあなたとの。
ヨーク公夫人　ならば心を鎮めて鎮まらないわたしの心をお聞き。
王リチャード　母上、わたしはあなたの気性を受けついでいる、非難がましい言葉には我慢できませんからな。
ヨーク公夫人　それでも言うよ!
王リチャード　どうぞ。ただし聞きませんからな。
ヨーク公夫人　おだやかに静かに言うからね。
王リチャード　そして短くな、母上。なにしろ急いでいるので。

ヨーク公夫人　そんなにお急ぎか？　わたしはずっとお前を待っていたのだよ、苦しみながらもだえながら。

王リチャード　でも結局生れたでしょう？　あなたを慰めるために。

ヨーク公夫人　違う違う、よく分っているはずだ、お前がこの世に生れたのはこの世をわたしの地獄にするため。わたしにはこの上ない重荷だった、お前の出生は。強情でむずかってばかりいた、赤ん坊の時は。学校の頃は怒りっぽくて気まぐれで乱暴で気違いじみて、若い盛りには大胆で気が大きくて向う見ずで、大人になったら傲慢で狡猾で陰険で残忍、おだやかそうに見えるが内心はそれだけ憎悪に充ちている。言ってみるがいい、今までいっしょにいてわたしを幸福にしてくれたことが一度でもあったか。

王リチャード　確かにない、いつかあなたがわたしを残しておいて一人で朝食によばれなすった時のほかには。
だがわたしがそうお目障りなら、進軍させて下さい母上、お気に障らぬよう。
太鼓を鳴らせ。

ヨーク公夫人　頼む、ちゃんと話をお聞き。

王リチャード　話しかたがひどすぎる。

ヨーク公夫人　ひとことお聞き。もう二度と話すことはないのだから。

王リチャード　そうですか。

ヨーク公夫人　神の正しいお裁きで、この戦いから勝利者として帰ってくることなくお前が死ぬか、わたしのほうが悲しみと老齢で死んで二度とお前の顔を見ることがないかだ。だからわたしの最も重い呪いをお前に背負わせる、敵と剣を交わすとき、びっしりと身につけた甲冑よりも重く身にこたえるように！　わが祈りは敵側に味方して戦い、そこではエドワード四世の子供たちの幼い魂が敵の心にささやきかけて、彼らに幸運と勝利を約束する。

残忍だお前は。死にざまも残忍なものだろう。お前の生き恥はどこまでもついて回って死ぬまで離れまい。〔退場〕

王妃エリザベス　言いたいことはまだまだある、でも呪いを口にする勇気はない。母上のそれにアーメンとだけつけ加えよう。

王リチャード　待って下さい、ちょっと。あなたにひとこと話したい。

王妃エリザベス　わたしにはあなたに殺されるような王の血を引く息子はもういない。娘たちは、リチャード、涙にくれるような王妃にではなく、みな祈りを捧げる尼になるはず。だからその命だけは狙わないで。

王リチャード　エリザベスという娘御がおいでだな。徳高くて美しく、品位があって高貴な。

王妃エリザベス　だから死なねばならないの？　ああ、生かしておいて。そのためならわたしがあの子の気品を落させて美しさを汚してもいい、わたし自身がエドワード王を裏切った故にあの子は不義の子だったと言いふらしてもいい。あの子が人殺しに血を流されないで済む為になら、あの子はエドワード王の子ではなかったとわたしが告白する。
王リチャード　あの子の血筋を汚してはいけませんよ。あの子は王女なのだ。
王妃エリザベス　その命を救うために言います、あの子はそうではない。
王リチャード　そうであるからこそ、あの子は間違いなく安全なのだ。
王妃エリザベス　その安全というものの故にこそ、あの子の兄弟は死んだ。
王リチャード　いいか、あの子たちは生れた時の星まわりが悪かったのだ。
王妃エリザベス　いいえ、あの子たちには生れた時から敵がついていた。
王リチャード　運命の手からは誰も逃れることができない。
王妃エリザベス　そう、神の恩寵を拒否する男が運命を支配する限りは。
あの子たちももっと美しく死ぬ運命にあった、あなたがもっと美しい生き方に恵まれていたら。
王リチャード　わたしが甥たちを殺しでもしたように言うのですな。
王妃エリザベス　甥たち、そうよ。自分たちの叔父から喜びも王冠も身内も自由も生命も騙《だま》し取られてしまった甥たち。二人の柔らかい心臓を突き刺したのが誰の手であっても、裏でそれを操ったのはその頭《あたま》よ。人殺しの剣ももとはなまくらだった、それがあなたの石の心臓で磨ぎすまされて、わたしの小羊たちの腸《はらわた》を楽しんで裂いた。打ち続く悲しみが烈しい悲しみを抑えてしまうことがなければ、この舌がわが子の名をあなたの耳に告げる前に、この爪がその眼に喰いこんでいただろう。そしてわたしはこの死の入江で哀れな小船のように帆も綱も奪われて、あなたの岩のような胸にぶつかって粉々になる。

王リチャード　王妃よ、この戦《いくさ》、血みどろの戦いの成否にかけていうが、あなたとお身内にわたしはひどい仕打ちをして来たけれども、これからはそれを上越《うわこ》すよいことをしようと思っている！

王妃エリザベス　その天使のような顔の下にどんなよいことが隠されているやら、開けてみたら何かよいことでもあるというの？

王リチャード　お子たちを引き上げてあげます、王妃よ。

王妃エリザベス　断頭台の上に？　首を刎《は》ねるために？

王リチャード　至上の栄光の高みへ、この世における至高の輝きにだ。

王妃エリザベス　そんなことを言ってわたしの悲しみを慰める気か？　言ってごらん、どんな地位を、どんな権威を、どんな栄誉をあなたはわたしのどの子に与えることができるというの？

王リチャード　わが持てる総てを――そう、この身を、総てをお子に贈ろう。さまざまな悪事、それをわたしが仕掛けたと思っておられるようだが、そのいやな記憶を、あなたの中に渦巻いている忘却の川に沈めて下さるならば。

王妃エリザベス　手短かにして、御親切の中味が御親切の説明より前に消えてしまわないように。

王リチャード　では言おう、わたしは心からあなたの娘御を愛している。

王妃エリザベス　その娘の母親も思っている、心から。

王リチャード　思っているというのは？

王妃エリザベス　あなたはわたしの娘を愛している、心にもなく。同じように心にもなくあの子の兄弟を愛した。だから心にもなくわたしはあなたにそのお礼を言う。

王リチャード　そう急いでわたしの意味を取り違えないで下さい。わたしは心からあなたの娘御を愛しており、彼女をイングランドの王妃にしたいと思っているのだ。

王妃エリザベス　ふん、ならば誰を王にする積り？

王リチャード　それは彼女を王妃に取り立てた男。ほかにあるわけがない。

王妃エリザベス　なに、あなたが？

王リチャード　その通り。どうお考えです？

王妃エリザベス　申し込めると思うの？

王リチャード　だから教えてほしいのです。あの子の気質を一番よく知っているあなたに。

王妃エリザベス　わたしに教えてだって？

王リチャード　そうです。心からのお願いだ。

王妃エリザベス　あの子の兄弟を殺した男を使いに立てて、血まみれの心臓を二つ届けてやるがいい、〝エドワード〟そして〝ヨーク〟と名前を彫りつけて。そうしたらきっとあの子は泣く。だからハンカチも届けておやり、いつかマーガレットがあなたの父上にラトランドの血に染《そ》んだハンカチを突きつけたように。そして言ってやるのだ、お前の最愛の兄弟のからだから流れた血みどろだから、流れる涙をこれでお拭きと。そうしてやってもあの子の愛情が動かせなかったら、自分の気高い行為の数々を書き送ってやればいい。お前のクラレンス叔父さん、リヴァーズ叔父さん、みんな殺したのは自分だと言って。そう、あの子のためだ、やさしいアン叔母さんも手早くやったのだとね。

王リチャード　馬鹿にしては困りますね。それであの子が承知しますかね。

王妃エリザベス　ほかにやりかたがあるの？　あなたが姿を変えて、いま言ったことをみんなやったリチャードでなくなるほかに。

王リチャード　それもみんなあの子への愛ゆえだと言ったら？

王妃エリザベス　それだったらあなたを憎むほかなくなるでしょう、そんな残酷な行為で愛情を買おうなどと言ったら。

王リチャード　いいか、やってしまったことは今さら取り返しはつかん。人間、時には無分別な行動に走ったりもする、そしてあとになって、やっと後悔の念が湧いてくるのだ。あなたの子供たちからわたしが王国を奪ったというのなら、その埋め合せにそれをあなたの娘御にお返ししよう。あなたが生み落したものをわたしが殺したというのなら、あなたの子孫をつくりだすために、あなたの血を引くわたしの子をあなたの娘御にこしらえてもらおう。おばあさまという呼び名には、お母さまという愚かしい呼び方と同じに愛情が籠っている。間に一つ置いた下の子供というだけで、あなたの気質もその血もそのままだ。苦労にしても同じことで、ただ一晩だけ、あなたが娘御を産んだ時と同じ苦しみを娘御に耐えてもらうだけだ。あなたの子供たちはあなたの若き日の悩みだった。だがわたしの子供はあなたの老後の慰めとなるだろう。失うものといえば子息が国王にならなかったということだけ、だがそれを失った代りに娘御が王妃になる。どう埋め合せようにもどうにもならんのだ、だからわたしとしてできる限りのこの好意を受け取ってほしい。

御子息ドーセット侯は何かに脅えて、心充たされぬまま外地へ去っていられるが、このめでたい婚儀がまとまれば、すぐにも故国へ呼び戻して高い立派な地位につけよう。あなたの美しい娘御を妻と呼ぶ王は、あなたのドーセット侯を家族同様弟と呼ぶのだ。再びあなたは国王の母となる、そして苦難に満ちた日々の残骸は、それに倍する豊かな満足で癒されるのだ。

そうだ！　われわれの前には多くの幸福な日々が開けている。あなたが流した涙のしずくはみな輝く真珠となって返ってくる、涙という元金に二十倍もの幸福という利子を積んで。

だから母上、娘御のところへすぐにも、すぐにも行って下さい。まだ恥じらい多い年頃の彼女にあなたの体験で勇気を与えるのだ。耳には求愛を受け入れる用意をさせ、やわらかな胸には黄金の冠に憧れる焔《ほのお》をともしてやるのだ。結婚の喜びの甘い静かな日々というものを王女に教えてやって下さい。わたしのこの腕があの小悪党、頭の鈍いバッキンガムをやっつけ次第、勝利の花冠《はなかんむり》を戴いてわたしは帰って来る、そしてあなたの娘御を勝利者の寝床にお迎えしよう。そしてわが戦いの勝利を詳しく物語る、彼女はただ一人の勝者、王者の上の王者になるのだ。

王妃エリザベス　わたしに何と言ってやれというの？　お前の父上の弟と一所になれ？　それとも叔父さまと？　でなければお前の弟たちや叔父たちを殺した男と？　何という呼びかけで求婚して貰いたいというの？　神が、法律が、わたしの名誉が、あの子の愛情が、あの子のやわらかい心を傷つけないで済むために。

王リチャード　この結婚で美しきイングランドに平和が来ると言うのだよ。

王妃エリザベス　そのためにあの子は永久に戦うことになるのだとね。

王リチャード　命令を発すべき王が懇願している——

王妃エリザベス　やめろと言ってね、王の王たる神が。

王リチャード　至高至上の王妃になると告げてほしい。

王妃エリザベス　その称号を嘆くことになるとね、母親が嘆いたように。

王リチャード　永久《とわ》に愛すると言ってやって下さい。

王妃エリザベス　その、〝永久に〟がいつまで続くことやら。

王リチャード　甘く続く、いつまでも、きれいなあの人の命が終るまで。

王妃エリザベス　でもあの子の甘い日々がいつまできれいに続くことやら。

王リチャード　天と自然が許してくれる限り。

王妃エリザベス　地獄とリチャードが望む限り。

王リチャード　こう言ってくれ、彼女の主君たるわたしが彼女の臣下になる。
王妃エリザベス　でもあの子は臣下、そんな主君ぶりは大嫌い。
王リチャード　わたしのために派手に弁じてほしいのだ。
王妃エリザベス　本当の話があけすけに語られてこそ利き目がある。
王リチャード　ではあけすけに、彼女にわたしの愛の物語りを語ってほしい。
王妃エリザベス　あけすけに本当のことを言ってしまったらそれこそ耳障り。
王リチャード　あなたの議論は浅くて落ち着きがなさ過ぎるな。
王妃エリザベス　いいえ、わたしの議論は深くて落ち着いて——あの子たちもかわいそうに、深く落ち着いている、お墓の中に。
王リチャード　その糸ばかり掻き鳴らさないでほしいな。もう過ぎたことだ。
王妃エリザベス　掻き鳴らします、命の糸が切れるまでいつまでも。
王リチャード　ではこの聖ジョージの像と勲章と王冠にかけて——
王妃エリザベス　汚された聖ジョージと辱しめられた勲章と簒奪された王冠にかけて——
王リチャード　誓うが——
王妃エリザベス　なににかけて？　そんなもの誓いじゃない。そのジョージは汚されて権威を失っている、勲章は傷を負うて騎士の名誉を奪われている、王冠は簒奪されて国王の栄光を辱しめている。何かに誓ってそれを信じてほしいなら、自分の手で汚していないものにかけて誓ったらいい。

王リチャード　ならば、このわたし自身に――

王妃エリザベス　あなた自身が自身で汚している。

王リチャード　ならばこの世界に――

王妃エリザベス　あなたの悪業《あくごう》で一杯のね。

王リチャード　父の死に――

王妃エリザベス　あなたの生きざまが辱しめている。

王リチャード　ふん、ならば神にかけて――

王妃エリザベス　神こそ一番汚されている。もしも神かけての誓いを破ることを恐れる男であなたがあったなら、あなたの兄、わが夫のエドワード四世がつくり上げた一同の和解も破られなかったろうし、わが弟も殺されなかったはず。

もしも神かけての誓いを破ることを恐れる男であなたがあったなら、その頭をいま締めつけている王冠は、わが子の柔らかなこめかみをやさしく飾っていたはず。そして王子たちは二人ともここで息をしていたはず、今はやがては土になるべく仲良く横たわって、あなたの破った誓い故に蛆虫《うじむし》の餌食になっているが。

さあ、今更なにに誓えるの？

王リチャード　来《きた》るべき時にかけて。

王妃エリザベス　それもあなたは過ぎ去った時において汚している。来《きた》るべき時の中でこのわたしは多くの涙を拭わねばならない、過ぎ去った時があなたに汚されているから。あなたに親を虐殺された子供たちは、若い時にしつけも受けず、年老いてそれを嘆くだろう。その子をあなたに惨殺された親たちは生きてはいる、年と共に枯木同然になってそれを嘆いている。来《きた》るべき時にかけてなどと誓わないがいい。それは来《く》る前から、過去を汚したあなたの手で汚されてしまっている。

王リチャード　成功したいのだ、過去を償いたいのだ、だから今度の強敵との危険な戦いに勝ちたいのだ！

我とわが身を破滅させてもいい！　天も運も仕合せな時をわが身に許すな！　昼は光を、夜は眠りをこの身に許すな！　幸運の星々はすべてこの身の行く手を塞げ！　――もしもこの身が心からの愛、清純な献身、神聖な思いを以てあの美しく高貴な娘御を慕っていないというなら。

あの人にこそわたしの倖せもあなたの倖せも籠められている。あの人なくしては、このわたしもあなたもあの人自身さえも、また国土、多くの民衆も死と荒廃と破滅と滅亡に身を任せるよりない。それを避ける道はただ一つ。だから母上――とお呼びせねばなるまいが――わたしの求愛の代弁者になって頂きたい。

訴えて頂きたい、こうなりたいというわたしを、これまでのわたしをではなく。また過去の功罪をではなく、未来に立てるだろう功績を。現在の緊急事態を説いて、国家の大計に思慮欠くことのないよう説いて下さい。

王妃エリザベス　わたしは悪魔に誘惑されるのかしら、こうやって？

王リチャード　そう、もし悪魔が善いことを行うように誘うなら。

王妃エリザベス　わたしはわたしというものを忘れなければならないのかしら？

王リチャード　そう、あなたの思い出があなたを苦しめるならば。

王妃エリザベス　でもあなたはわたしの子供たちを殺した。

王リチャード　だがわたしは娘御の胎内にその子供たちを葬った、そこは不死鳥の巣、彼らはそこで甦ってあなたの慰めとなる。

王妃エリザベス　娘の所へ行ってあなたの思い通りにわたしは説き伏せなければならないの？

王リチャード　また幸運な母になられるのだ、それをやると。

王妃エリザベス　行きましょう。すぐ手紙を書いて。あれの気持を折り返し伝えてあげる。

王リチャード　わが真心の愛の口づけを届けて下さい。ではどうか。

［エリザベスにキスする。彼女退場

情にもろい阿呆、浅はかですぐ気の変る女だ！

ラトクリフ登場、あとからケイツビー。

どうした！　何かあったか？

ラトクリフ　恐れながら王よ、西海岸に強力な敵艦隊が現れました。ところが陸《おか》のわが軍は怪しげな烏合の衆、武具も着けず、敵を追い返す勇気などありません。敵艦隊の提督はリッチモンドと思われます。今は帆を畳んで、バッキンガムが上陸を支援するのを待っている模様です。

王リチャード　誰か足の速い者をノーフォーク公の所へ急使に出せ。ラトクリフ、お前――でなければケイツビーだ。どこにいる彼は？

ケイツビー　ここにおります。

王リチャード　ケイツビー、公の所へ飛んで行け。

ケイツビー　分りました、大急ぎで。

王リチャード　ラトクリフ、ここへ来い。ソールズベリへ飛べ。そこに着いたら――（ケイツビーに）こののろま、間抜け、なぜ突っ立ったままノーフォーク公へ走らんのだ？
ケイツビー　まず王よ、御用件を伺いませんことには。何とお伝えすればよろしいので？
王リチャード　ああそうだったな、ケイツビー。作れるだけの最大兵力をすぐ集めろと言ってくれ、そして速やかにソールズベリでおれに合流しろと。
ケイツビー　行って参ります。［去る
ラトクリフ　恐れながら、ソールズベリでは何をすれば宜しいので？
王リチャード　なに？　おれより先に行ってどうする気だ？
ラトクリフ　先に行けとおっしゃいましたので。
王リチャード　気が変ったのだ。

スタンリー卿登場。

スタンリー、何の知らせだ？
スタンリー　お耳を喜ばすほど良くはありませんが、お知らせして悪いものでもありません。
王リチャード　何だと、謎か！　良くも悪くもない？　何でそう遠まわしに言わねばならん、真直ぐに言えるはずのことを？
もう一度聞く、何の知らせだ？

スタンリー　リッチモンドが海に現れました。
王リチャード　沈めてしまえ波の底に！　肝の細いならず者が何をする気だ？
スタンリー　分りません、王よ、推測するより。
王リチャード　ふん、推測する？
スタンリー　ドーセットやバッキンガムやモートンにけしかけられてこのイングランドに向って来るのではないかと、王冠を要求しに。
王リチャード　王の座が空《から》だというのか？　王の剣は鞘《さや》の中だというのか？　王は死んで王国に主《あるじ》はいないというのか？　ヨーク家の跡継ぎはこの身のほかにどこに生きている？　そして偉大なヨーク家の跡継ぎ以外の誰がイングランドの王になる？
　さあ言ってみろ、奴は海の上で何をする気だ？
スタンリー　いま申したほかには、王よ、わたくし推測できません。
王リチャード　奴がお前の王になりに来たというほかには、あのウェイルズ人めがなぜ押しかけてくるか推測できんというのだな。
　貴様、おれにそむいて奴のところへ走りたいのだな？
スタンリー　とんでもないこと、お疑いなど御無用に。
王リチャード　ならば彼を叩きつけるお前の軍隊はどこにいる？　お前の手下や家来はどこ

だ？　今頃は西海岸にいるのではないか？　反乱軍が船から上がるのを安全に案内してやろうというので。

スタンリー　とんでもありません、わが友軍は北におります。

王リチャード　とすると冷たい友軍だな。北で何をする気だ、西で主君のために働くべき時に。

スタンリー　まだ御命令を受けておりません、王よ。もし王のお許しが頂けたなら、わたくし仲間を糾合して、どこでも何時《なんどき》でもお指図の所へ、お膝元へ駈けつけます。

王リチャード　あゝあゝ、リッチモンドの許へ駈けつけたいのだろう。おれはお前を信用せん。

スタンリー　恐れながら王よ、わたくしの信義をお疑いになるいわれはないはずです。今までもこれからも、わたくしに二心はありません。

王リチャード　ならば行って兵を集めろ。ただし息子のジョージは置いて行くのだ。心をぐらつかすなよ、でないと息子の首が危ないぞ。

スタンリー　お心のままに、わたくしの忠誠心は変りませんから。　［去る

使者1登場。

使者1　王へ申しあげます、ただいまデヴォンシアで、そう仲間の者が告げて来ましたのですが、エドワード・コートニーと傲慢な聖職者エクセタ司教、これは兄ですが、多くの同志と蜂起しました。

　使者2登場。

使者2　ケントで、王よ、ギルフォードが蜂起しました。刻々に同志が逆徒に加わって、その勢力は強さを増しております。

　使者3登場。

使者3　王よ、バッキンガム公の軍勢が――

王リチャード　消え失せろ、このふくろうめ！　何だ死の歌ばかり！　［殴る

分ったか、吉報を持って来んとこうだぞ。

使者3　王に申しあげようとしましたのは、突然の洪水と豪雨のため、バッキンガム公の軍勢が四分五裂になり、公自身は一人で去って行方知らずということであります。

王リチャード　それは済まなかった。さあおれの財布だ、殴ったことは許してくれ。誰か気の利いた者が布告は出したろうな、あの裏切り者を捕えた人間には褒美を出す

という。

使者3 その布告、もう出ております、王よ。

使者4登場。

使者4 サー・トマス・ラヴェルとマーキス侯が、王よ、ヨークシアで旗揚げしたということであります。しかし吉報も持って参りました。ブルターニュの艦隊は嵐で散り散り。リッチモンドはドーセットシアで岸へボートを送り、陸《おか》にいる連中が味方であるかどうか尋ねさせましたところ、自分らはバッキンガムからお味方として来たと答えました。しかし彼はそれを信用せず、帆を揚げてまたブルターニュへ戻りました由。

王リチャード 進軍だ進軍だ、武装は整っている。外敵と戦う必要はなくなっても、国内の反逆者どもを叩きのめさねばならん。

ケイツビー再び登場。

ケイツビー 王よ、バッキンガム公を引っ捕えました。この上ない吉報です。ですがリッチモンド伯が強力な軍隊を率いてミルフォードに上陸しました、これは悪いほうのお知らせですが、申しあげねばなりません。

王リチャード　ソールズベリへ出発だ！　ここであれこれ論議しているうちに、いずれが王になるかの帰趨がきまりかねん。バッキンガムをソールズベリに連行する手配をしろ。ほかの者はおれと一所に進軍だ。

［らっぱの吹鳴。一同退場

第五場　ダービー伯の家

スタンリーと神父クリストファー・アーズウィック登場。

スタンリー　クリストファー神父、リッチモンドにわたしからだとお伝え願いたい。あの残忍極まりない猪めの豚小屋の中に、息子のジョージ・スタンリーは閉じこめられている。もしわたしが反旗をひるがえせばジョージの首は飛んでしまう。その恐れがあるので、直ちには援軍として出向けぬとな。さあ、すぐにも出発して、よろしくお伝え願いたい。それと王妃には、娘御エリザベスさまとの御婚儀に心から同意しておられるとな。

だが、リッチモンド殿は今どこにおられます？

クリストファー　ペンブルックか、でなければウェイルズのハーフォード・ウェストに。

スタンリー　名のある者で馳せ参じたのは？

クリストファー　サー・ウォルター・ハーバート、名高い武人です。それにサー・ギルバート・トールボット、サー・ウィリアム・スタンリー、オクスフォード、武勇名高いペンブルック、サー・ジェイムズ・ブラント、それに勇敢な一隊を率いたライス・アップ・トマス、さらに名あり力ある多くの者が続いております。そしてもしも途中で交戦することなければ、一気にロンドンへ攻めのぼるとのことです。

スタンリー　よろしい、では急いで御主君のもとへ。お手にキスさせてほしいとお伝えを。この手紙にわたしの意図はしるしてある。では。

〔二人退場

第五幕

第一場　ソールズベリ　広場

州長官と護衛、バッキンガムを刑場へ連行してくる。

バッキンガム　リチャード王はどうしても会って下さらんのか？

長官　そうなのです。ですから心を鎮められて。

バッキンガム　ヘイスティングズ、それにエドワードの王子たち、グレイ、そしてリヴァーズ、聖なるヘンリ六世、そしてその汚《けが》れなき王子エドワード、ヴォーン、そのほか総て、よこしまな汚らわしく醜い不正によって殺された人々、皆の怒《いか》れる不満の魂が雲間を透してこの現在を見るならば、復讐の為にわが没落をあざ笑え！
きょうは万霊節だな、違うか？

長官　その通りです。

バッキンガム　そうか、すると万人の霊に祈りを捧げる日がわが肉体の終末の日か。

この終末の日のことだ、エドワード王御在世の頃、もしおれが王子たちと王妃のお身内を裏切るようなことがあったらそれがわが身にふりかかれと祈ったのは。この終末の日のことだ、最も信頼する友人に裏切られるとすればその日にとおれが願っていたのは。この、この万霊節の日は、おののくわが魂よ、わが罪への罰が猶予された最後の日なのだ。天にいます万能の主をおれはもてあそんだが、心にもないその祈りを神はわが頭上に下して、たわむれに乞うたものをまともに与え給う。かく神はよこしまな人間に刃《やいば》を向けて、その切っ先を持主の胸に突きつけ給う。かくてマーガレットの呪いは重くわが首にのしかかる。あの女は言った、「お前の心をその男が悲しみで引き裂く日に、思い出すがいい、マーガレットは予言者だったと」。さあ刑吏たち、連れて行け、屈辱の処刑台へ。悪には悪、罪には然るべき罪、それが至当なのだ。

［一同退場

第二場　タムワース近くの陣営

リッチモンド、オクスフォード、サー・ジェイムズ・ブラント、サー・ウォルター・ハーバート、その他、太鼓や旗と共に登場。

リッチモンド　武装せる同志、最も愛する友人たちよ、虐政の軛《くびき》のもとに苦しんで来たわれわれはこの国の奥深く、ここまで何の抵抗も受けず進軍して来たが、今わが父スタンリーから懇篤な慰安と激励の手紙を受けとった。かの下劣残虐な簒奪者の猪《いのしし》リチャード、諸子の夏の畑、実りの葡萄を荒らし、諸子の熱い血を無残にすすり、腸《はらわた》を裂いて食いあさったあの汚らわしい豚が、今やこの島の中央、レスタの町近くに陣を張っているということだ。ここタムワースから彼《か》の地までは僅か一日の行程。神の御名《みな》において勇んで進軍しよう、勇敢なる諸子よ、ただ一度の激戦血戦によって、永遠の平和という稔りを刈り取ろうではないか。

オクスフォード　一人《いちにん》の自覚は千の刃《やいば》となる。それを以て残忍な殺人鬼と戦おうではないか。

ハーバート　あの男の手下たちも我に投降してくること疑いなしだ。

ブラント　彼に従う者は彼を恐れる故に従っているのみ、危急の時になれば逃亡するにきまっている。

リッチモンド　総てはわれらに有利だ。されば神の御名《みな》のもと、進軍しよう。

　正しい希望は速やかに燕の翼《つばさ》を以て天翔《あまがけ》り、王を神となし、より低き者を王とするのだ。

［一同退場

第三場　ボズワースの平原

武装した王リチャードがノーフォーク、ラトクリフ、サリー伯その他と登場。

王リチャード　ここに天幕を張る、このボズワースの平原に。
　どうしたサリー卿、なぜそう沈んだ顔をしている？
サリー　心のほうは顔つきより十倍も浮き立っております。
王リチャード　ノーフォーク卿！
ノーフォーク　何でしょうか、王よ。
王リチャード　ノーフォークよ、われら打撃を受けることになるのかな。え！　どうだ？
ノーフォーク　お互い受けも与えもしましょう、王よ。

王リチャード　天幕を張ってくれ！　今夜はここに寝る。〔兵士たち王の天幕を張る〕が、あすはどこになるか。まあ、そんなことはどうでもいいが。

誰か敵の勢力は偵察したか？

ノーフォーク　多くても六、七千です。

王リチャード　ふん、わが軍はその三倍だな。その上王という名の力は威圧的だ。向うにはそれがない。

おい、天幕を張れ！

勇敢なる諸子よ、有利な地形を調べよう。的確に判断できる者を呼んでくれ。訓練を怠るな、ぐずぐずするなよ。みんな、あすは忙しい一日になるからな。〔一同退場〕

原野の一方に、リッチモンド、サー・ウィリアム・ブランドン、オクスフォード、ドーセット、その他登場。数名がリッチモンドの天幕を張る。

リッチモンド　くたびれた太陽が金色に輝いて沈んで行く。あの燃える戦車の輝く轍《わだち》の跡を見れば、あすはきっといい日になるぞ。

サー・ウィリアム・ブランドン、軍旗はお前に持ってもらう。

インクと紙を天幕に持って来てくれ。あすの戦いの陣形や戦略を練っておきたい。隊長たちにそれぞれの任務を割り当てておこう。こちらは小勢、然るべく兵力を配分せねばな。オクスフォード卿――それとお前、サー・ウィリアム・ブランドン――そしてお前、サー・ウォルター・ハーバート――一所にいてくれ。

ペンブルック伯は自分の部隊にとどまって貰おう。ブラント隊長、彼へよく休むよう伝えてくれ。そしてあす朝二時、おれの天幕へ来るようにとな。

いやもう一つ、隊長よ、お前――スタンリー卿の陣営はどこか知っているか？

ブラント　あの方の旗印を見間違えたのでなければ――確かにそんなことはないと信じますが――あの方の部隊は王の強力な軍勢の南方少なくとも半マイルにあります。

リッチモンド　もし危険を冒さずに可能なら、ブラントよ、何とか彼と話す方法を考えて、この最も緊要な書類を渡してほしい。

ブラント　命にかけて必ずお渡しします。

では今夜はゆっくりお休みになりますよう。

リッチモンド　お休み、ブラントよ。

さあ諸君、あすの計画を相談しよう。

天幕にはいってくれ。夜露は冷たい、冷えこむぞ。　［一同、天幕内にはいる一方の天幕の前に王リチャード、ノーフォーク、ラトクリフ及びケイツビー登場。

王リチャード　いま何時だ？

ケイツビー　夕食の時刻であります。九時になります。

王リチャード　今夜は食わん。

インクと紙はないか。

どうだ、おれの兜《かぶと》、ゆるんではおらんか。鎧《よろい》はちゃんと天幕の中にあろうな？

ケイツビー　確かに。みな整っております。

王リチャード　ノーフォークよ、すぐ部隊に戻ってくれ。見張りを厳重にしろよ、信頼のおける奴を立ててな。

ノーフォーク　では帰ります。

王リチャード　あすは雲雀《ひばり》と共に起きるのだぞ、ノーフォークよ。

ノーフォーク　分っております。〔退　場

王リチャード　ケイツビー！

ケイツビー　御用で？

王リチャード　武装した兵を一人、スタンリーの部隊に出してくれ。あす日の出前に部隊を率いてくるように、でないと息子のジョージは永遠の夜の暗い穴倉に真逆さまだと言ってな。

［ケイツビー退場

酒を注《つ》いでくれ。

番兵を立てろ。

白馬《はくば》のサリーに鞍を置け、あすはあれに乗る。

おれの槍は大丈夫だな、重過ぎはせんな。

ラトクリフ！

ラトクリフ　御用で？

王リチャード　ノーサンバランド卿と会ったか？　ふさぎこんでいなかったか？

ラトクリフ　サリー伯トマスもあの方も、鶏《とり》を小屋へ追いこむ時刻に、部隊から部隊へ全軍を見回って兵士たちを励ましておられました。

王リチャード　そうか、それはよかった。

酒を一杯くれ。どうも気分がすぐれん、いつもの元気が出ないのだ。

そこへ置いてくれ。

インクと紙はあるな？

ラトクリフ　はい、あります。

王リチャード　衛兵を立ててくれ。去れ。

ラトクリフ、夜中頃に天幕に来て、鎧を手伝ってくれ。よし、去れ。

［ラトクリフ退場。リチャード眠る

スタンリー登場して天幕のリッチモンドの所へ。諸侯従う。

スタンリー　幸運と勝利がその兜の上にありますように！

リッチモンド　暗い夜の恵んでくれる慰めがすべてあなたの上にありますように、父上よ！

ところで母上はいかがお過しでしょう？

スタンリー　わたしがお前の母に代って祝福を与えよう、あれはいつもリッチモンドの仕合せを祈っているぞ。

それはそうと、時は音もなく過ぎて行き、東のほう、暗い空に光の筋が射しそめている。つまり時が迫っている、暁方《あけがた》早く隊伍を整えて、血煙立つ死闘に運を任せるのだ。わたしはやれるだけ――だがやりたいようにはできぬが――好機を狙って周りの眼をあざむきながら、この勝敗さだかならぬ戦いでお前を助けたい。だがあからさまに味方につくわけには行かぬ。もしそうと分ればお前の弟、幼いジョージが父の面前で首を刎《は》ねられるのだ。

さらばだ。時間もないし、恐るべきこの状態だ、なすべき挨拶も、永らく会わなかった故にゆっくり取り交わしたい楽しい言葉も打ち切らねばならぬ。神よ、この友愛の言葉を交わす時をいつかは与え給え！

もう一度さらばだ。よく戦えよ。幸運を祈る！

リッチモンド　お前たち、父上を部隊までお送りしてあげてくれ。

心にかかることはいろいろあるが、押し伏せてひと眠りしよう、鉛のような睡魔が、あすは勝利の翼に打ち跨ろうとするこの身にのしかかって来たりせぬように。

もう一度、諸公や諸氏、お休み。　［リッチモンドのほか退場

神よ、わたしはあなたの一兵卒です、どうかわが軍に慈愛の眼を注がれますよう。わが将兵の手に破邪の剣を授け給い、簒奪者たる敵軍の兜を鉄槌の下《もと》に打ち砕かせ給え！　われらをあなたが下し給う懲らしめの部隊として、勝利のうちに御名《みな》を讃えしめ給え！

今この瞼《まぶた》の窓をおろす前に、この目覚めた魂を御手《みて》に捧げます。眠れる時も目覚めの時も、神よ、常にこの身を守り給え！　［眠る

ヘンリ六世の王子エドワードの亡霊登場。

亡霊〔リチャードへ〕あすはお前の魂の上に重くのしかかってやるぞ！　花の盛りだったこの身をテュークスベリで刺したことを思い起せ。さればこの世に思いを絶って死ね！〔リッチモンドへ〕元気を持て、リッチモンド。なぶり殺しにされた王子たちのけがされた魂がお前に味方して戦うぞ。ヘンリ王の子であるわたしがお前を励ますのだ。

ヘンリ六世の亡霊登場。


亡霊〔リチャードへ〕この身が生きてあったとき、聖油を塗られたわがからだは、全身死の穴をお前に刺し通された。

ロンドン塔とこの身を思うがいい。

この世に思いを絶って死ね。

このヘンリ六世が命ずる、この世に思いを絶って死ね。

〔リッチモンドへ〕徳高く聖なる者よ、勝利者となれ！

このヘンリ、お前が王となるべしと予言したこの身が、眠りの中にお前を励ます！

生きよ、しかして栄えよ！

クラレンスの亡霊登場。


亡霊　〔リチャードへ〕あすはお前の魂に重くのしかかってやるぞ！

このおれが、むかつく葡萄酒にひたされて殺された哀れなクラレンス、仕組まれ裏切られて殺されたおれが！

あす戦場でおれを思い出して、役にも立たぬ刀を落すがいい。

この世に思いを絶って死ね！

〔リッチモンドへ〕ランカスタ家の出であるお前、不当に消されたヨーク家の世継ぎたちはお前のために祈っているぞ。

善き天使たちがお前の軍隊を守る！

生きるのだ、栄えるのだ！


リヴァーズ、グレイ、そしてヴォーンの亡霊たち登場。

リヴァーズ　〔リチャードへ〕あすはお前の魂に重くのしかかってやるぞ、リヴァーズだ、パンフリットで死んだ！
この世に思いを絶って死ね！

グレイ　〔リチャードへ〕グレイのことを思え、この世に思いを絶て！

ヴォーン　〔リチャードへ〕ヴォーンのことを思え、罪におびえて槍をとり落せ。

この世に思いを絶って死ね！

三人　〔リッチモンドへ〕目覚めよ、われらに犯した不正に対するリチャードの呵責が彼を滅ぼすことを思え。

目を覚ませ、勝利を手にせよ。

ヘイスティングズの亡霊登場。

亡霊　〔リチャードへ〕血と罪にまみれた男、罪におののいて目覚め、戦いの血にまみれて最後の日を迎えよ。このヘイスティングズ卿のことを思え。

この世に思いを絶って死ね。

〔リッチモンドへ〕静かに安らかに眠る魂、目覚めよ、目覚めよ！

武器を取れ、戦え、そして勝て、美わしきイングランドの為に！

二人の幼い王子たちの亡霊登場。

亡霊たち　〔リチャードへ〕ロンドン塔で絞め殺されたお前の甥たちを夢に見るがいい。二人してお前の胸の中にはいって、リチャード、お前を破滅と恥辱と死へ圧《お》しつぶしてやる！

お前の甥たちの魂が命ずるのだ、この世に思いを絶って死ね。

〔リッチモンドへ〕眠れ、リッチモンド、安らかに眠って喜びに目覚めよ。よき天使が猪リチャードの危害から守ってくれる！

生きよ、そして倖せな王の系譜を生め！

エドワードの不幸な王子たちが命じる、栄えよ。


リチャードの妃、アン夫人の亡霊登場。


亡霊　〔リチャードへ〕リチャード、お前の妻、一時《いっとき》もお前と安らかに眠ったことのなかったお前のみじめな妻このアンが、今お前の眠りを不安で充たしてやる。

あした戦場でわたしのことを思え、そして役にも立たぬ刀を落すがいい。

この世に思いを絶って死ね。

〔リッチモンドへ〕安らかな魂よ、安らかな眠りを眠れ。

成功と幸福な勝利の夢を。

お前の敵の妻がお前のために祈る。

バッキンガムの亡霊登場。


バッキンガム　〔リチャードへ〕最初にわたしだった、お前を王位に押し上げたのは。

最後にわたしは、お前の暴虐をこの身に受けた。

ああ、明日《あす》の戦場でこのバッキンガムを思い起し、お前の罪におびえて死ね！

見続けろ、見続けろ夢を、血まみれの仕業と死の夢を。

失神、絶望。絶望して息を引きとれ！

〔リッチモンドへ〕わたしは死んだ、お前に力を貸す望みを果せずに。しかし心を励ませ、
勇気を失うな。神もよき天使もリッチモンドに味方して戦う。そしてリチャードは、その総ての誇りの頂点から顛落する。　〔亡霊たち、消える。リチャードは夢から覚める〕

王リチャード　馬を、替馬《かえうま》を曳け。
この傷を縛れ。神よ、お慈悲を！
待て！　何だ、夢か。
ああ臆病な良心め、どこまでおれを苦しめる！
蠟燭が青く燃えているな。死んだような真夜中。ふるえる肌に冷たい恐ろしい滴《したた》りが
びっしょりだ。

何を恐れる？　このおれをか？　ほかに誰がいる？　リチャードはこのリチャードを愛している。そうよ、おれはおれだ。

人殺しでもいるというのか？　いいや。――うん、人殺しはおれだ。なら逃げるか。なに、自分から逃げる？　一体なぜだ――おれの復讐を恐れて？　なに、おれがおれに！　ああ、おれはおれを愛している。なぜだ？　おれがおれに何かいいことをしたからか？　いいや違う！　それどころか、ああ、おれはおれを憎んでいる、おれ自身が犯した数々の憎むべき所行ゆえにだ！　悪党だ、おれは。いや嘘をつけ、おれはそうではない。馬鹿、自分のことは良くいうものだ。馬鹿、世辞をいうな。

おれの良心、百千の舌を持っているな。その一枚一枚が別々の話をする。話の一つ一つがおれを悪党ときめつける。偽証罪、それも最も重い偽証罪、殺人、それも最もひどい殺人。一つ一つの罪が皆、みなそれぞれの罪状をふりかざして法廷へなだれこみ、「有罪だ！　有罪だ！」とわめき散らす。絶望だ。愛してくれる者は一人もいない。おれが死んでも、誰も哀れんでなどくれんだろう。それも当り前だ、おれ自身、おれ自身を哀れむ気などおれ自身の中にみつけられんのだ。

おれの殺した奴らの魂らしい、さっき天幕へ揃ってやって来おったのは。口々に脅《おど》して行きおった、あすはこのリチャードの頭上に復讐をと。

ラトクリフ登場。

ラトクリフ　王よ！
王リチャード　なに、誰だ？
ラトクリフ　ラトクリフです、王よ。村の早起き鶏《どり》が既に二度、朝のとき、、を告げました。仲間の者も皆起きて、鎧を着込んでおります。
王リチャード　ああラトクリフ、おれは恐ろしい夢を見たぞ！
　どう思う――味方の将兵、裏切ったりはしまいな？
ラトクリフ　それは決して。
王リチャード　ああラトクリフ、おれは、おれは恐ろしい、恐ろしい。
ラトクリフ　いや王よ、影におびえたりなさいますな。
王リチャード　ところがだ、その影がゆうべ、このリチャードの魂をふるえ上がらせたのだ、愚かなリッチモンドの率いる武装兵一万騎が現実に立ち向ってくるのより恐ろしかった。
　夜明けにはまだ間《ま》があるな。さあ、いっしょに来い。味方の天幕を回って立ち聞きしてやる、脅えて逃亡しようとする奴がいるかも知れん。
［二人退場

諸侯、天幕の中にいるリッチモンドのところへ登場。

諸侯 お早うございます、リッチモンド卿！

リッチモンド これはこれは諸侯、寝ずの番か、こちらはぐずぐずしているところを見つかってしまった。

諸侯 よくおやすみになれましたか？

リッチモンド あんなに甘い眠り、幸先《さいさき》のよい夢がまどろむわが頭に訪れたのは初めてだ、諸侯の帰られたあとでそれを見たのだ。その身をリチャードが殺した者たちの魂がこの天幕を訪れて、われらの勝利を叫んで行った。はっきりと言うが、わが魂は喜びに溢れている、そのよい夢が忘れられずに。
ところでもう何時頃だろう？

諸侯 四時になろうとしています。

リッチモンド そうか、すると武装して指示を与える時刻だ。

戦士たちに与える彼の訓辞。

既に語った以上の事を、愛する同胞諸子よ、この切迫した危急の中でくどくどと述べることは許されない。ただ忘れないでほしい、神と大義はわれらの味方である。聖者と虐げられた者たちの祈りが、高い高い城壁となってわれらを守ってくれるだろう。

われらと戦う相手は、リチャード一人を除けば全員、彼らの総大将よりもわれらの勝利をこそ願っている。彼らの総大将とは何者か？　まさに諸子よ、血に飢えた暴君、殺人者なのだ。流血の中で人と成った男、流血の中で王位を手に入れた男、王冠を得るに手段を選ばず、しかも手段として使った者たちを虐殺した男なのだ。卑しく汚い石ころの身を、不法にも坐ったイングランド国王の座という舀で宝石とみせかけている。常に神に敵対する男。だとすれば、諸子が神の敵と戦うのであれば、神は諸子を嘉《よみ》して神兵としてお守り下さるだろう。もし諸子が奮戦して暴君を倒せば、暴君の死のあと、平安な眠りが諸子に訪れる。もし諸子が祖国の敵と戦うのであれば、その祖国の敵こそが諸子の酸苦に報酬を支払うのだ。もし諸子が妻を守って戦うのであれば、諸子の妻は勝利者たる諸子をわが家《や》へ迎えることになる。もし諸子が諸子の子を敵の剣《つるぎ》から救えば、諸子の孫たちは諸子が年老いたときその恩に報いるだろう。

されば諸子よ、神の御名とこれら正義の主張の下《もと》に高々と旗を進め、勇躍して剣を抜け。乾坤一擲《けんこんいってき》のこの一戦にもし敗れたなら、この身はその責めを負うて、わが冷たい死体を冷たい大地に横たえよう。だが勝利すれば、そこで得たものは一兵卒に至るまで分に応じて頒《わか》ち与える。

太鼓を打て、らっぱを鳴らせ、高々と華やかに。

神よ、聖ジョージよ！　リッチモンドに勝利を！

［一同退場

王リチャード、ラトクリフ、従者たち、及び軍隊、再び登場。

王リチャード　ノーサンバランドはリッチモンドのことを何と言った？
ラトクリフ　実戦の訓練はまるで受けておりません由。
王リチャード　その通りだ。でサリーは何と言った？
ラトクリフ　笑って申しました、「こちらのねらいにますます合っている」。
王リチャード　それはよかった、その通りなのだ。

［時計が鳴る

いくつ鳴るか数えろ。暦をよこせ。

誰かきょう太陽を見たか？

ラトクリフ　わたくしはまだで。

王リチャード　とすると光を見せたがらぬのだな。この暦によれば、一時間も前に東の空を
鮮やかに染めている筈だ。暗い日になるのかも知れぬ、誰かにとっては。

ラトクリフ！

ラトクリフ　はい、王よ。
王リチャード　きょうは太陽は姿を見せんだろう。空も顔曇らせてわが軍に垂れこめている。この涙のような露が地面から乾いてしまわんかな。きょうは陽は輝かん！ ええい、それがどうしたというのだ、リッチモンドにとっても同じではないか。おれに不機嫌な顔を見せるあの空は、奴をも暗い顔で見下ろすのだ。

ノーフォーク登場。

ノーフォーク　武器を武器を王よ、敵は戦場で気勢をあげております。
王リチャード　さあ行くぞ行くぞ。おれの馬に馬鎧《うまよろい》を。スタンリー卿を呼び寄せろ、手勢を率いて来いと言え。おれは軍勢を率いて戦場に行くが、隊形はこう組む。おれが率いる先陣は横一線に展開、騎馬と歩兵は同数。弓部隊は中央だ。ノーフォーク公ジョンとサリー伯トマスがこの歩兵隊と騎馬隊の指揮を執る。彼らがこの隊形を作る間《かん》にわれら本隊を率いて続き、この部隊の両翼は騎馬隊の主力で十分に固める。この隊形に、加えて聖ジョージの御加護だ！ どう思うノーフォーク？

ノーフォーク　みごとな作戦です、武勇の王よ。

ところで今朝、わたくしの天幕にこのようなものが。〔紙片を見せる

王リチャード　〔読む〕「ノーフォークのジョン殿よ、安心してはおられぬぞ。お前の主人のリチャードさんは、金で売られてしまっているぞ」。

敵のでっちあげだ。

さあ諸子よ、それぞれの部署につけ。

夢のようなたわごとにおびえることはない。

良心だなどと、臆病者の使う言葉に過ぎん。もとは強者を畏怖させるために作られたものだ。われわれの強力な武器こそわれらが良心、剣《つるぎ》こそ法律だ。

出陣だ、勇敢に戦え、無二無三に突っ込むのだ。天国へ、さもなければ共に地獄へだ。

軍隊に与える彼の訓辞。

これ以上何を言うことがある?

ただ一戦を交える相手が何者であるかは覚えておけ——無頼漢、ごろつき、腰ぬけどものかたまりだぞ。ブルターニュに溢れ返って、そこからこの無謀な戦《いくさ》に全滅覚悟で吐

き出された滓《かす》どもだ、土百姓だ。諸子には安らかな眠りがある、奴らはそれを乱そうとする。諸子には土地があり美しい妻に恵まれている、奴らはそれを奪いそれを犯そうとするのだ。奴らを率いるのは誰か、わが母上が永らくブルターニュで養ってやっていられたけちな奴ではないか？　意気地なしの、寒さといえば雪の中を靴で歩いたことぐらいしか知らん乳臭い男だ。こういう宿なしどもは、鞭を振るって海の向うへ叩き返してやれ。こういう思い上がったフランスのぼろきれども、飢えた死にぞこないの乞食どもは鞭で叩き返すのだ。この馬鹿げた戦《いくさ》で勝つ夢がなければ、食うすべもなく首くくっていた奴らだ。どぶ鼠め。

もし敗れるのなら、あのブルターニュの奴らにではなく、人間の名に値する者に敗れたい。われらの父祖は彼らの国で彼らを打ち負かし叩きのめし踏みにじり、彼らの汚辱を永く歴史の上に残したのだ。こういう奴らにわが国を蹂躙させてよいのか？　妻たちを奪わせ娘らを犯させて済むと思うか。

〔遠く太鼓の音〕聞け！　敵の太鼓だ。

戦え、イングランドの将兵たち！　戦え、勇敢なる諸子よ！

弓を引け、弓取りたち、力の限り引きしぼれ！

はやる馬に拍車を入れろ、血しぶき上げて突っ込め！

　槍も折れて天に飛ぶまで戦え！

使者登場。

使者　スタンリー卿は何と言った？　兵を率いて来るか？

王リチャード　王よ、拒否されました。

ノーフォーク　奴の息子ジョージの首を刎《は》ねろ！

王リチャード　王よ、敵は沼地を越えて迫っております。ジョージの処刑は決戦のあとにされましては。

　一千の心臓がこの胸の内に高鳴っている。

旗を揚げろ、襲撃だ。

古来の勇気のしるし聖ジョージよ、燃えさかる龍の怒りを賜《た》び給え！

かかれ！　勝利はわれらが頭上にあるぞ。

［全員退場

第四場　戦場の他の場所

喚声、出撃。ノーフォークと兵士たち登場。そこへケイツビー。

ケイツビー　援軍を、ノーフォーク卿、援軍を援軍を！　王は人間業とも覚えぬ御奮戦、あらゆる敵を引き迎えて闘っておられますが、御乗馬が倒されて今は徒歩《かち》での戦い、死のただ中にリッチモンドを探しておられます。援軍をどうか、さもないと敗北です。

喚声。王リチャード登場。

王リチャード　馬を！　馬を！　王国などくれてやる、馬を！
ケイツビー　お退《ひ》き下さい、お退き下さい、馬は探します。
王リチャード　土百姓、賽《さい》は投げられた、その目におれは命を賭けている。リッチモンドが六人、この戦場にはいるらしい。本もののほかの五人までは、おれがこの手で殺した。馬だ！　馬だ！　王国がどうした、馬だ！

〔一同退場

第五場　戦場の他の場所

らっぱの音。リチャードとリッチモンド登場。二人闘う。リチャード倒される。リッチモンド退場し、華やかな吹奏。リッチモンド、王冠を捧げてダービー、他の諸卿登場。

リッチモンド　神と諸子の武勇は讃えらるべきかなだ、栄光に輝く諸子よ。われらは勝った、残虐な犬めは死んだ。

ダービー　勇敢なるリッチモンドよ、よくその責めを果された！見られよ、これを、永らく簒奪されていたこの王冠を、血だらけな畜生のこめかみからもぎ取って来た、これでその額を飾るためにだ。頭《かしら》に戴きたまえ、これはあなたのものだ、これに恥じぬ王であられるよう。

リッチモンド　天にまします大いなる神よ、総てを嘉《よみ》したまわらんことを！だが聞きたいが、弟のジョージ・スタンリーは生きてあるかな？

ダービー　御無事です、レスタの町に。よろしければわれら一同、そこへ引き上げようかと。

リッチモンド　両軍の主だった戦死者は誰々だ？

ダービー　ノーフォーク公ジョン、フェラーズ卿ウォルター、サー・ロバート・ブラッケンベリ、そしてサー・ウィリアム・ブランドン。

リッチモンド　それぞれの身分にふさわしく葬ってやるように。

布告を出してくれ、逃亡した敵兵もわれに降伏した者はみな赦すと。

そして、神の御前《みまえ》で誓いを立てた通り、われらここに白薔薇と紅薔薇を合体させたいと思う。

両家の憎しみ合いに永らく眉根を寄せておられた天よ、この美しき結合にほほえみ給え！　いかなる反逆者もわが言葉に異はとなえまい！

イングランドは永いあいだ狂気に充ち、みずからを傷つけて来た。兄弟は見境なく兄弟の血を流し、父親は思慮もなく息子を斬り、息子はやむなく父親を殺した。

かくて引き裂かれたヨーク家とランカスタ家、無惨にも引き裂かれた両家を、おお、今こそこの二つの王家の真の継承者、このリッチモンドとエドワード四世の王女エリザベスをして、神の思召しにより二つを一体のものとなさせ給え！　さらに両名の子孫をして、神よ、御心《みこころ》ならば次なる世を、なごやかなる平和、美しき豊饒、輝かしき日々によって充たさしめ給え！　かの血なまぐさき日々を再び来らしめて、イングランドを哀れにも流血の中に涙させる如き反逆者の刃《やいば》を、主よ、打ちこぼち給え！

今や内乱の傷は癒え、平和はよみがえる――平和を永くこの国に生かさせ給え、神よ、アーメン!

〔一同退場〕

あとがき

いわゆる解説にはならない、少々のんびりしたエッセイのようなものになるだろうと思いながら書き始める。

『リチャード三世』は、シェイクスピアの最初の戯曲三篇、『ヘンリ六世』第一、二、三部に続く第四作ということになっているけれども、初めの三篇についてはいろいろと議論あり、中で最も簡潔な説明はこうである。「『ヘンリー六世』三部作に関しては、シェイクスピアが真の作者であるかどうかは意見のわかれるところだが、合作説や改作説を認めるにしても、確証がない以上、シェイクスピアの作とするのが妥当であろう」（倉橋健編『シェイクスピア辞典』東京堂出版、一九七二年）。

このようにいろいろ議論があるのに対して、『リチャード三世』は純粋にシェイクスピア一人の作品だと公認されている。そして私見をいうと、『ヘンリ六世』三部作は理解のために時として史実の知識を必要とするのに対して、この『リチャード三世』は、初めて純粋に独立して鑑賞できる作品だと言える。

なおこれら四篇の創作年次は、左のように推定されている。

『ヘンリ六世』第二、三部——一五九〇—九一年

『ヘンリ六世』第一部——一五九一—九二年

『リチャード三世』——一五九二—九三年

右の四篇においては、いわゆる〝薔薇《ばら》戦争〟の発端から終結までが描かれている。薔薇戦争というのは、一四五五年から八五年まで、三十年間イギリスに起った内乱。源平の赤旗白旗ではないが、白薔薇を紋章とするヨーク家と紅薔薇を紋章とするランカスタ家との王位争奪の戦いで、その戦いの終結は『リチャード三世』最終幕幕切れの、リッチモンドの演説にくっきりと描かれている。このリッチモンドがヘンリ七世になるわけだが、そのヘンリ七世が、シェイクスピア三十九歳の時に七十歳で死んだ女王エリザベス一世の祖父である。そして薔薇戦争の後半約十四年間が、『リチャード三世』では四つの間隔を置いた十一カ日の芝居として描かれているのだが、この時間経過については、十九世紀末にP・A・ダニエルという学者が計算した表を紹介しておくのが読過の上で便利だろう。

第一日　一の一、二
（間隔）
第二日　一の三、四
　　　　二の一、二
（間隔）
第三日　二の三
第四日　二の四
第五日　三の一
第六日　三の二―七
第七日　四の一
第八日　四の二―五
（間隔）
第九日　五の一
（間隔）
第十日　五の二、三の前半
第十一日　五の三の後半―五

なお日本ではその頃、というのは、一四六七年から七七年までの十一年間、応仁の乱という内戦が戦われた。

というわけで、シェイクスピアは二十六、七歳のとき、処女作として、歴史劇を書いた。すると私も二十五歳のとき——というこういう脈絡《コンテクスト》の中でシェイクスピアさんと自分を並べてみることを誰も滑稽だといわないでくれるように願うが——二十五歳のとき、処女作として、歴史劇を書いた。『風浪』というその作品の第一稿一七二枚(戦後発表した第二稿は二九三枚)、一九三九年十一月三十日擱筆《かくひつ》、熊本の騎兵第六連隊現役入営予定日の前日であった。

そしてシェイクスピアは、素材である薔薇戦争を、その終結の一〇五年ほど後に書いた。私は素材である西南戦争直前の熊本を、その六十数年後に書いた。

私がそれを書くための資料としては、十何冊かの古い単行本のほかにも、私の曾祖父が五十八年間つけ続けた日誌などいろいろの文献や、六十数年前にはまだ少年少女であった何人かの故老からの聞き書き、それに何より、私が中学校と高等学校の生活を送った熊本という土地が、戯曲の素材の現場であった。

シェイクスピアが使った資料としては、エドワード・ホールやラファエル・ホリンシェッドの年代記のほか、トマス・モアの影響や、先行作品であるラテン語や英語のリチャード三世劇、セネカの作品などいろいろあるらしいが――と書いていて、いらんことをふっと思いだすのは、劇作家のベン・ジョンスンが、ライヴァルであったシェイクスピアへの愛情を籠《こ》めた追悼文の中で、彼は〝ラテン語は少し、ギリシャ語はもっと少し〟しか分らなかったと冗談の皮肉を言っていることだが――それら以外にも、私が聞き書きをして回った時と違って、百年前のことだから生存者はいなかったわけだが、やはり故老に聞いたり、今日では分らない雑多な文献を探したりということが、あるいはあったか（多分なかったろう）などと想像する。『リチャード三世』の最後の場面、リチャード三世が戦死する決戦場のボズワースの原野は、シェイクスピアの生れたところから僅か五〇キロぐらいだったと聞いたことがあるが、もしそうだったらシェイクスピアさんも、あるいは少年の日に行ったことがあるかも知れないその古戦場のことをちらと念頭に浮べたことがあったかなかったか、などとも考える。

　要するにシェイクスピアの最初期の作品であるあの四篇の歴史劇を読むとき、私にはそういう一人合点の思い入れがあるのである。そういう思い入れがあるものだから、上記の四篇、『ヘンリ六世』三部作と『リチャード三世』の四篇を一冊に改編した *The Wars of the Roses*（1970）という脚本を私は訳したことがある（『薔薇戦争』講談社、一九九七年）。ロイアル・シェイクスピア劇団の演出家ジョン・バートンに、演出家ピーター・ホールが協力して作った三部作全七十五景のもので、シェイクスピアの四篇は合計行数一万二二九四行であるのを、約七四五〇行、つまり五分の三に、驚くべき細心さと発想を以て整理補綴したもので、翻訳して四七〇〇ページを超える分量だが、その初演はシェイクスピア生誕四百年記念として一九六三年。「血みどろの権力闘争の繰り返しという非情な歴史絵巻として、大きな反響を呼んだ」（『英米文学辞典』研究社——なお別に同じタイトルの、一九八八年に英国で初演されたものがある由だが、これについては私は何も知らない）。

この『薔薇戦争』の第三部が「リチャード三世」で、それを既に訳していたから簡単に行くと思って今度の『リチャード三世』に私はとりかかったのだが、やりだしてみるとあの「リチャード三世」は実に精緻に再編集したもので、改編、省略、新規の書き入れなど、そのお蔭で却ってこちらが混乱して、それを解きほごすのにえらく時間がかかってしまい、結局最初から本来の『リチャード三世』を訳すという仕儀になってしまった。ただこの作者と作品についての専門的解説はわが任にあらずだから、訳している中での感想の二、三を並べてみるだけのことにしよう。

まず、〈一の一〉、開幕早々のいわば元気のいい独白は、その調子に乗せられて甚だ気持よく訳せた。こういう、原文の内側から出てくる心理のリズムみたいなもので訳文の調子が作られるというのは、私の少ない翻訳体験の中では珍しいことのようだ。

最初私は冒頭のところを〝今やわれらが逆境の冬は去り〟としていたのだが、その〝逆境〟を〝不満〟に直したのは、『ヘンリ六世』からずっとここまで読んで来て、グロスタ（後のリチャード三世）はやはり逆境ではなく文字通り（原文通り）不満（discontent）を感じていたと思えたからである。そしてこの第一行の終りを〝……輝く夏。〟と初め訳していたのを、〝輝く夏、か。〟と〝、か〟を補ったのは、グロスタがこのせりふの額面通りに喜んでいるのではなく、現在の状況を一種客観的に眺めてこのせりふを口にしていることに気がついたからである。

次の〈一の二〉で、グロスタが無理無体にアンを説き伏せてものにしてしまうところ、ここもせりふの調子に乗って訳が進むというような感じがある。

だが〈四の四〉でグロスタが無理無体に王妃エリザベスを説き伏せてしまうところはいかにも長過ぎて、それこそ話の運びに無理と一種の硬直感があって訳しづらい。作者としては恐らく〈一の二〉における〝説き伏せ〟と照応させたかったのだろうと思うが、こういうところはやはりまだ作者が若いと言っていいのだろう。

全体としては、今日の普通の会話体にちょっと手を加えた日本語で訳したつもりだが、ところどころではその日本語に多少の加工が要《い》る。例えば〈一の三〉と〈四の四〉に王妃マーガレットが登場するけれども、故ヘンリ六世の未亡人であるこの老女の登場は、劇中のこの時期には彼女はロンドン塔に幽閉されていたという史実に照らしてあり得ないことで、つまりフィクションである。だから〈一の三〉における彼女の登場のト書きには、シェイクスピアの戯曲としては珍しい〝後方に〟という副詞がついている（*Enter old* QUEEN MARGARET, *behind.*）。そしてこの〝後方に〟登場したマーガレットのせりふは、このあと七つ目のせりふが終って彼女が〝進み出る〟までは、ほかの登場人物には聞えないという仕掛けになっている。そのことを示すために、この七つのせりふには〝（傍白）〟という原文にないマル括弧をつけておいた。（原文にある本来の傍白は、原文通りカク括弧で〝〔傍白〕〟としてある。）

このことは〈四の四〉の初めについても言えることで、そこの冒頭、老女マーガレットは八行（訳文では六行）の一人ぜりふを語ったのち、〔奥へ退く〕（*Retires*）のであって、〝退場する〟（*Exits*）のではない。そして私がマル括弧で〝（傍白）〟としたその次の三つのせりふは〈一の三〉の場合と同じく、他の登場人物には聞えないのである。

こういう仕掛けのせりふを、日本の古典芸能ではワキゼリフと言うかと思うが、そのことを考えて私はこの部分の語調を少し変えてみたりしたのだけれども、さて効果は如何？　なおこのワキゼリフ的仕掛けを生かすためには今日の横ひろがりの舞台でなく、シェイクスピア時代の、日本の能舞台に似て奥行きのある例の様式が効果的だった筈だという説あり、なるほどと思う。

そういう加工に対して、例えば〈四の二〉と〈四の三〉に出てくるティレルのせりふだが、登場人物表ではヴォーンやブラッケンベリなどと同じく“Sir”となっているのだから一応いわば〝士族〟なのだろうが、士族にもいろいろあるだろうと思って下品なせりふをしゃべらせておいた。

さっき〈四の四〉に無理と一種の硬直感があると言ったが、別の意味でいかにも稚拙と思われるのは、これは何人もの人が指摘しているが〈五の三〉で亡霊どもが出てくるところ、いかにも常套的で、感覚的な自然な説得感がない。——という、こういうふうに書き並べて行くときりがないから、これはここらで切りあげとしよう。

ところで『リチャード三世』と、その十四年後に書かれた『マクベス』、この二作はよく並べて論じられる。野心を持った男が殺戮《さつりく》を繰り返しながら自ら王になるが、結局は彼も殺されてしまうという点が相似的だからである。だがこの二篇の間には本質的な違いがあり、その点のことは同じ岩波文庫の『マクベス』の解説で、極めて簡単にだが触れておいたから、ここでは繰り返さない。

最後に、シェイクスピアのせりふについて私の考えていることを、『薔薇戦争』を訳した時に書いた文章から摘録しておきたい。あの翻訳をしてから五年たった今も、感想は少しも変らないからである。摘録だから引用符なしで書き写すが――

訳しながら持った感想は、やっぱりシェイクスピアの英語はむずかしいやという当り前のことである。そして思うに、三世紀半も後の外国人であるわれわれにむずかしいのは当然として、シェイクスピアと同時代のイギリス人にも、今日の普通の日本人に歌舞伎のせりふが隅々までは分らないと同じぐらいにはむずかしかったんじゃないかな。少なくとも、同じイギリス人でも現代の人にとっては相当むずかしいらしいということを、ええとどこかで読んだぞと思ってさんざん考えて思いだしたその本を書架で探したら、幸いにしてまだ残っていた。一九三七年七月十五日に神田で買ったと裏表紙に書きつけている本多顕彰氏の『シェイクスピア雑記《ざつき》』(作品社、一九三六年)で、その一一八ページにこう書いてある。

「キャンブル氏が、『相当教養ある人たち十人を選んで（もちろんイギリス人だ——木下）、ハムレットやマクベスの独白を、即座にパラフレイズせよといったら、そのうち幾人が、躊躇せずに、正確に、それを果すことが出来ようか』といってゐるのを見ても、如何にシェイクスピアが読みにくいかがわかる」。キャンブル氏というのは、同じ本の別のところでも触れられているスコットランドの古典学者、Lewis Campbell のことだろう。

シェイクスピア在世当時の劇場は、僧院の中などにあった少数の私設劇場《プライヴェット・シアタ》——入場料も高く観客も富裕あるいは知識階級に限られていた——と、公設劇場《パブリック・シアタ》——野外で、より大きくて屋根は舞台と上等の客席の上にしかない、そして照明は太陽光線だけ——とに分れており、シェイクスピアの作品の大部分は後者で上演されている。今日の劇場でなら一等席にあたる平土間《ひらどま》は青天井で、ベンチもないそのむき出しの地面《グラウンド》に立っている多数の観客を文字通り groundlings《グラウンドリングズ》と呼んだ。（雨が降りだして芝居が中止になるという光景が、ロレンス・オリヴィエの映画『ヘンリ五世』の冒頭にあったのを覚えている人もあるだろう。）グラウンドリングズはおそらく最も庶民的な、無教養な、しかし数は多く、それだけに大切なお客さんだったと思われるが、上等の客と共に、彼らは決して静粛なお客さんではなかったはずだ。例えば、以前私の書いた文章の一節を引くが、「舞台の上や、〝上舞台〟の両脇にまで進出して自分たちを見せびらかしながら観劇していたダンディどもは新流行のタバコを盛んにふかし、芝居の効果をことさら消すような半畳を入れることによって自分たちを誇示したというし、一方野次を飛ばしたり果物の皮を投げつけたりすることにおいてこれまた決してダンディたちに負けていなかったグラウンドリングズの中で掏摸《すり》が捕まったりすると、芝居の最中に犯人を舞台の上へ引きずりあげて柱に縛りつけることさえあったということだ」(『随想シェイクスピア』筑摩書房、一九六九年)。それはまあ極端な話だが、野次に応酬して役者が舞台でアドリブで答えるなんてこともしばしばあっただろう。しかし、あるいはしかも、シェイクスピアは、野卑通俗な言葉と並べて、高級難解な文学的詩的表現をふんだんに用いている。そういうせりふが、ああいうお客さんに、果してどれだけ分っただろうか。

一つはどこで読んだかどうしても思いだせない英国人の論なのだが、ほとんど野天に近い公設劇場《パブリック・シアタ》においてこそ、弱強弱強のアクセントでリズミックに朗々と誦せられるシェイクスピア(に限らないが)のせりふは――当時は芝居を〝観る〟という言葉より、〝聴く〟という言葉が圧倒的に多く使われている――殊に今日からは芝居がかり過ぎると見えるせりふを大声で語ることが非常に効果的だったというのである。それは、いってみれば野卑でさえあった当時の大部分の聴衆にとっては、まさにそうだったろうと思われる。(そう考えてみれば、ギリシャ劇のあの大仰、時に難解なあのせりふも、野外でやったことと大いに関係がありそうだ。）

そこで思いだすのは、もう二十何年もの昔に大岡信さんとやった対談の中でクラスタという言葉を教わったことだ（cluster＝房〔ブドウ、サクランボウなどの〕、一かたまり〔花の〕――三省堂『新コンサイス英和辞典』）。

クラスタというのは音楽のほうで使われる言葉らしいが、その対談（「詩・劇・ことば」――「文学」岩波書店、一九七七年十月号）を引っぱり出してみると、大岡さんは、これは詩の話ではあるがこういうことを言っている。「……なんか一つのブロックごとに、あるブロックは非常にリズミカルにやっておいて、その次のブロックではパッとそれを弛緩させて、それからまた次に非常にリズミカルなものを持ってくるという形で、言ってみれば五七、五七というふうにつながるような……つまりブドウの房みたいなものを考えるわけですね。……そういう群れをいくつもつないでいくという考え方ですね」。

そしてそれから十年ほどあとに、亡くなった堀田善衛との対談で、これを受けて私はこう言っている。「芝居でも、言葉の固まりで芝居をわからせるということがあるんだと思う。クラスタというのはもともと作曲家のことばだそうだけどね。一語一語意味がわかっていたら、芝居なんてかえってわずらわしい場合があるよ。……だけど、そのクラスタをちゃんとわかるクラスタにするためには、一語一語が厳密に論理的に組み立てられなければいけない」(「シェイクスピアとその時代」——「群像」講談社、一九八九年九月号)。

つまり耳のそばを風のように流れて行く、あるいは飛んで行くせりふのクラスタを聴きながら、グラウンドリングズ達はその意味をそういうものとして理解しておもしろがったのだろうと私は思うのだが、さてどうだろうか。

いま一つ、この『リチャード三世』を訳していて——それはこれまでに私が訳して来た十五篇のシェイクスピアについても同様だが——どうしても自分の訳に満足できないということを言っておきたい。

なにが不満かというと、私が思うにシェイクスピアのせりふの書きかたは単なる会話ではなく、日本文学で言えば〝語り〟に似た要素を含むものであるのに、その〝語り〟の文体を、シェイクスピアに妥当する日本語としての〝語り〟の文体を、私がまだどうしても捉え得て、あるいは創造し得ていないと思うからである。

〝語り〟という語を字引に当ってみると、「能や狂言で、叙事的な内容を旋律なしに、ことばで物語ること」(『広辞苑』)などとあるが、このような定義とシェイクスピアとを真中に置いて、これまでも今もそのまわりをぐるぐる回りながら、未だに私は探している文体を捉え得て、あるいは創造し得ていないのである。

最後に――

この『リチャード三世』は、前記『薔薇戦争』を既に訳していたから簡単に行くと思っていたのが、取りかかってみるとそのことのために逆に混乱が起きるという事情があって、塩尻親雄氏をわずらわすこと大であった。また校正については岡本哲也氏の実に行き届いた配慮を受けた。併せて心から深謝する次第である。

二〇〇二年年初に

木　下　順　二

リチャード三世《さんせい》　シェイクスピア作

2002年2月15日　第1刷発行
2024年7月26日　第7刷発行

訳　者　木下順二《きのしたじゅんじ》

発行者　坂本政謙

発行所　株式会社 岩波書店
〒101-8002 東京都千代田区一ツ橋2-5-5

案内 03-5210-4000　営業部 03-5210-4111
文庫編集部 03-5210-4051
https://www.iwanami.co.jp/

印刷 製本・法令印刷　カバー・精興社

ISBN978-4-00-322057-3　Printed in Japan

読書子に寄す

——岩波文庫発刊に際して——

岩波茂雄

真理は万人によって求められることを自ら欲し、芸術は万人によって愛されることを自ら望む。かつては民を愚昧ならしめるために学芸が最も狭き堂宇に閉鎖されたことがあった。今や知識と美とを特権階級の独占より奪い返すことはつねに進取的なる民衆の切実なる要求である。岩波文庫はこの要求に応じそれに励まされて生まれた。それは生命ある不朽の書を少数者の書斎と研究室とより解放して街頭にくまなく立たしめ民衆に伍せしめるであろう。近時大量生産予約出版の流行を見る。その広告宣伝の狂態はしばらくおくも、後代にのこすと誇称する全集がその編集に万全の用意をなしたるか。千古の典籍の翻訳企図に敬虔の態度を欠かざりしか。さらに分売を許さず読者を繋縛して数十冊を強うるがごとき、はたしてその揚言する学芸解放のゆえんなりや。吾人は天下の名士の声に和してこれを推挙するに躊躇するものである。このときにあたって、岩波書店は自己の責務のいよいよ重大なるを思い、従来の方針の徹底を期するため、すでに十数年以前より志して来た計画を慎重審議この際断然実行することにした。吾人は範をかのレクラム文庫にとり、古今東西にわたって文芸・哲学・社会科学・自然科学等種類のいかんを問わず、いやしくも万人の必読すべき真に古典的価値ある書をきわめて簡易なる形式において逐次刊行し、あらゆる人間に須要なる生活向上の資料、生活批判の原理を提供せんと欲する。この文庫は予約出版の方法を排したるがゆえに、読者は自己の欲する時に自己の欲する書物を各個に自由に選択することができる。携帯に便にして価格の低きを最主とするがゆえに、外観を顧みざるも内容に至っては厳選最も力を尽くし、従来の岩波出版物の特色をますます発揮せしめようとする。この計画たるや世間の一時の投機的なるものと異なり、永遠の事業として吾人は微力を傾倒し、あらゆる犠牲を忍んで今後永久に継続発展せしめ、もって文庫の使命を遺憾なく果たさしめることを期する。芸術を愛し知識を求むる士の自ら進んでこの挙に参加し、希望と忠言とを寄せられることは吾人の熱望するところである。その性質上経済的には最も困難多きこの事業にあえて当たらんとする吾人の志を諒として、その達成のため世の読書子とのうるわしき共同を期待する。

昭和二年七月